## 《2018年中国新诗排行榜》编委会

主　编：谭五昌
副主编：远　岸　唐成茂　许耀林（澳大利亚）

编委（排名不分先后）：

| | | | | |
|---|---|---|---|---|
| 吉狄马加 | 叶延滨 | 曾凡华 | 潞　潞 | 陆　健 |
| 梁　平 | 张清华 | 树　才 | 高　兴 | 臧　棣 |
| 李少君 | 龚学敏 | 黄亚洲 | 高　凯 | 祁　人 |
| 周庆荣 | 侯　马 | 车延高 | 潇　潇 | 梁晓明 |
| 庄伟杰 | 阎　安 | 阎　志 | 梁尔源 | 姜念光 |
| 李　云 | 柏常青 | 刘以林 | 石　厉 | 冰　峰 |
| 鲁若迪基 | 李　犁 | 周占林 | 梅尔 | 雁　西 |
| 王霆章 | 刘　川 | 沙　克 | 喻子涵 | 李　强 |
| 唐　诗 | 唐德亮 | 田　禾 | 张　民 | 顾　北 |
| 罗　晖 | 南　鸥 | 韩庆成 | | |

中国新诗

ZHONGGUO

XINSHI

PAIHANGBANG

排行榜

谭五昌 —————— 主编

陕西师范大学出版总社

图书代号：WX19N1065

**图书在版编目(CIP)数据**

2018年中国新诗排行榜 / 谭五昌主编. —西安：陕西师范大学出版总社有限公司, 2019.8
ISBN 978-7-5613-9808-1

Ⅰ.①2… Ⅱ.①谭… Ⅲ.①诗集－中国－当代 Ⅳ.①I227

中国版本图书馆CIP数据核字（2019）第133225号

## 2018年中国新诗排行榜

谭五昌　主编

| | |
|---|---|
| 选题策划 | 刘东风　郭永新 |
| 责任编辑 | 张　佩 |
| 责任校对 | 郑若萍 |
| 封面设计 | 龚心宇 |
| 出版发行 | 陕西师范大学出版总社 |
| | （西安市长安南路199号　邮编710062） |
| 网　　址 | http://www.snupg.com |
| 印　　刷 | 西安市建明工贸有限责任公司 |
| 开　　本 | 880mm×1230mm　1/32 |
| 印　　张 | 15.25 |
| 插　　页 | 1 |
| 字　　数 | 190千 |
| 版　　次 | 2019年8月第1版 |
| 印　　次 | 2019年8月第1次印刷 |
| 印　　数 | 1—3000 |
| 书　　号 | ISBN 978-7-5613-9808-1 |
| 定　　价 | 59.00元 |

读者购书、书店添货或发现印刷装订问题，请与本公司营销部联系、调换。
电话：（029）85307864　85303629　传真：（029）85303879

# 2018年中国新诗之一瞥

与2017年这个充斥着各种关于中国新诗百年纪念活动的热闹年份相比,2018年是诗坛回归平静的一年,因为新诗的第一个百年已经完成,而新诗的第二个百年,刚悄悄开启它的旅程。面向过去的怀旧情绪与展望未来的憧憬心情,构成了当下诗人伤感与喜悦相交织的复杂心态。在现代汉语诗歌(新诗)世纪(百年)更迭的背景下,诗人的历史意识与代际意识变得分外自觉而强烈。一个典型的现象是,每当一位富有影响的前辈诗人去世,都会在后辈诗人那里掀起情感的波澜,后辈诗人也都会在潜意识中感叹一个诗歌时代在离我们远去。例如,在华语诗坛享有广泛声誉的前辈诗人洛夫(1928年出生)于2018年3月19日在台北逝世,迅速在海内外广大诗人与诗歌爱好者中间产生非常强烈的反响(这种情形与2017年余光中、罗门、屠岸等前辈诗人的逝世在诗坛上引起的强烈反响是一样的),人们纷纷通过微信、微博等新媒体平台表达对前辈诗人逝世的沉重哀思。不少诗人是以写诗的方式来抒发自己对前辈诗人洛夫的深切缅怀之情。例如诗人雁西在洛夫逝世当天便创作出了悼念性诗作《悼洛夫先生》，该诗对洛夫的诗人形象、诗歌成就与艺术抱负给予了生动、到位的描述与评价，令人感触颇深。而洛夫的私淑弟子、旅居加拿大的宇秀在为洛夫先生创作了情真意切的悼念性诗篇后，又为随后去世的著名科学家霍金创作了悼诗《斯蒂芬·霍金》，该诗所表现出来的对一位世界科学奇才与巨匠的悼念与敬仰，及世人普遍性的缅怀之情，某种程度上，可以视作对诗坛前辈洛夫逝世的惋惜与悲伤情绪的投射与延伸。

综观2018年的中国新诗创作，它在一种平静、内敛的状态中呈现出比较扎实的创作实绩。从诗歌写作美学价值取向的宏观层面着眼，可以把2018年度的诗歌创作大致归纳成八种写作向度。

## 向度之一：个人记忆写作与历史想象性写作

一般而言，写作都是对个人记忆的一种审美观照与艺术呈现，近些年的"记忆诗学"便是对诗人的个人记忆写作的理论概括与学术命名，因而这种写作向度充满审美韵味与艺术化的情感色彩。从心理学的层面来看，记忆写作通常带有怀旧情绪。

许多诗人喜欢将童年作为个人记忆写作的素材与内容。这已经成为诗人的一种审美趣味或审美惯性。2018年，不少诗人对童年进行书写，产生了一批艺术品位较高的诗歌文本。例如，侯马的《备好了橡》以诗人童年时候的一场迁徙经历为书写对象，通过质朴、自然的语言，以"橡"为代表，把诗人对"家"温馨与稳定的渴望，真实、生动地表达出来了。作品以平静的语调呈现了"我们家"的漂泊命运及诗人对"我们家"的感恩心态,由此表现出该诗的内在张力。高凯的《侠客:儿时的梦》以明亮的笔调回忆了诗人小时候的一个游戏记忆片段,用俚俗、简洁、幽默的语言描述了儿时小伙伴们打斗嬉闹的场景。该诗对"三"的民谣化叙述,凸显了文本中乡村文化的喜剧色彩。大枪的《我为一顿肉记住了父亲》则以反讽的笔调书写自己童年时代为去世父亲守灵、送殡的一段痛苦记忆。诗人运用生动的细节描写来表达自己小时候对吃肉的强烈本能渴求,吃肉欲望的满足,与诗人早年丧父的不幸遭遇构成强烈反差,给读者带来巨大的心灵震撼。简言之,诗人对童年苦难记忆的艺术化书写,是非常打动人心的。

一些具有乡村背景的诗人,喜欢将乡村与母亲形象作为自己记忆书写的对象与内容。在这些诗作中,乡村形象与母亲形象往往有意无意地叠合在一起。例如,冷先桥的《老屋的柴门》将回忆的焦点聚集到故乡的一扇柴门上,通过对柴门所象征的贫困乡村生活的描写,诗人塑造了自己母亲贫穷但又可亲、可敬的形象。诗作所传达的乡村情感质朴而动人。与冷先桥的《老屋的柴门》构成某种对应,唐诗的《每当母亲弯腰》则通过对母亲弯腰咳嗽的艺术化想象与生动描述,刻画出了一位被生活压弯了腰的乡村母亲形象,令人难以忘怀。罗振亚的《母亲简历》则以自己母亲的一生经历为表现内容,通过母亲对当下城市生活的不适应与孤独无聊,回溯母亲充满不幸的一生。诗作语言朴素,语调平静,但内在情感沉痛而苦涩。远心的《一次一次摇上来》对童年时期母亲在严寒天气里摇井水、挑井水的情景进行了回忆性的描述。诗作中的场景与细节描写生动、细腻,令人如临其境,情感淳朴而深沉。与此相反,一些具有城市背景的诗人,其记忆书写则超逸了乡土题材，展现出更为开阔的视野。比如，肖黛的《所以在苍笼怀念老昌耀》以自己与已故诗人昌耀的一次梦中相会为书写对象，两位诗人的思想、性格及至命运层面的相似与相通，使得这种记忆写作升华为寻找知音的灵魂自述。作品情感沉郁苍凉。蔡天新的《在我乌黑发亮的记忆里》则叙述了一种非常契合当下这个全球化时代的人物记忆。在诗作中，诗人记忆的对象是一位"来自南卡罗来纳"、有着"一头披散的金发"的外国女郎。作品语言明朗，意象鲜明，充满异国风情。

还有一批诗人，在记忆写作中将目光从个人记忆转向历史人物与历史事件的集体记忆。由于他们的历史记忆书写本质上属于一种关于历史的集体想象，所以他们的集体记忆书写用"历史想象性写作"命名更为准确一些。而这又体现出中国诗人身上的一种源远流长的历史情结。

一些诗人将中国近现代社会的风云人物与历史伟业作为表现内容。例如，黄亚洲的《京张铁路》以近代杰出工程师詹天佑主持、中国独立建造第一条铁路为主题，对詹天佑别出心裁的线路设计与自己的身体部位进行了大胆而精妙的对应性联想，艺术想象力超拔、脱俗，令人赞赏。诗人车延高与彭志强则将想象性的目光投注到中国诗歌的黄金时代——唐朝身上。车延高的《胡姬》可以视作对伟大诗人李白相关诗作的现代性语言的一次重写，诗人对李白笔下的"胡姬"之美的想象性描写，彰显出浪漫与古典相混合的审美情趣。作品修辞精准，意境动人。彭志强的《在唐城墙遗址：铁发芽》也将主人公设定为唐朝的某位重要历史人物（我们可以猜想为杜甫），与车延高笔下内容有所不同的是，彭志强以安史之乱为诗作背景，用沉重的语调与魔幻的手法塑造了一位忧国忧民的唐朝诗人形象。曾凡华的《文武之道——关于老谢大谢与小谢》则以东晋历史上谢氏家族的三位名人谢安、谢玄、谢灵运为书写对象，对谢家这三位杰出代表的生平爱好、历史业绩与艺术形象进行了生动的叙述与描画。"真的很酷"这种当下流行性评价语言在诗作关键位置的出现，让作品产生了亲切、幽默的艺术效果。安娟英的《包孕吴越》则将历史想象的目光拉到春秋战国时期，以充满江南情调与古典意趣的语言与意象，呈现出历史想象与虚构当中灿烂的吴越文化风貌。周庆荣的《在丁村》将怀古的目光回溯到几千年以前中华文明的萌芽时期。诗人在诗中称自己"看到先人的头骨"，"露齿而笑"，这种超越时空的出色想象给人以恍兮惚兮之感。作品语言明快、简洁、准确，富有语感，艺术效果平中见奇。有些诗人还将历史想象的触角伸向西方历史与西方人物。例如，李东海的《写给康德》动用了诗人对西方一代杰出哲学家的深入了解与热爱，在一场想象性的心灵对话中，生动地勾勒出了康德与众不同的精神肖像。盛华厚在其情爱诗篇《爱琴海的缪斯——给萨福》中则将自己的情爱诉求对象投射到希腊历史上的伟大女诗人萨福身上。作品的心灵自叙色彩与异域风情形成了颇为奇妙的"混搭"效果。

此外，蓝帆的《无字忧伤》、徐良平的《古井》、黄海兮的《大道》、陈泰灸的《这个冬天我只负责滴水成冰》等诗歌文本也可归入历史想象性写作范畴之中。简单说来，诗人的个人记忆写作与历史想象性写作存在互为补充的关系。它们一个指向个体生命经验，一个指向集体经验与历史记忆，由此构成诗人记忆写作的完整链条与精神空间。

## 向度之二：底层写作

进入21世纪，大量的底层民众进入城市务工谋生，而这个数量庞大的社会群体也需要表达自己的心声。诗坛上出现的底层写作或打工诗歌便是其必然的现象与结果。原则上说,底层写作是指写作者以底层民众的写作立场、文化心态与价值观念来从事写作,重点书写底层人物的生存状态与精神状态,即使书写自己的经历,也是把自己作为社会底层的"草根"人物(普通人物)来看待,从中表达底层民众的思想情感、价值诉求与审美趣味。

一般说来,进行底层写作的诗人通常出生于农村,有着贫困的生活经历,或者出生于城市底层,家境艰难。例如,出生于湖北农村、有着深刻的贫穷乡村生活记忆的诗人田禾,虽然现在生活于大城市武汉,但他的诗歌写作仍常常以底层农民的生活状态为题材。这展示出诗人的草根文化立场。2018年,田禾的《红薯》可谓典型的底层写作诗歌文本。毫无疑问,在这首诗的语境中,红薯是底层农民生命形态与生存状态的象征与隐喻。诗人对红薯生长过程及其生命状态予以了质朴、形象、有力的描述,红薯的普通、卑微与坚韧,正是底层民众形象与品质的生动写照。胡建文的《跟着父亲上山》为我们展示了一位八十岁高龄的乡村父亲等动人形象。这首诗对通过父亲上山栽树、引导诗人巡查自家土地的情景的描述,凸显了中国老一辈农民的勤劳品质以及深入骨髓的土地情结。诗作语言明白如话,情感质朴深沉。阿琪阿钰的《我的父亲母亲》以极为朴实的语言叙述了自己的父亲母亲在外打工所遭受的不幸。青年诗人不动声色的语气背后所流露出来的对父母的血缘深情,感人肺腑。杨北城的《铁匠铺》则将目光对准当下面临淘汰命运的乡村铁匠铺,对乡村底层人物老铁匠落魄形象的生动描写,以及所透露出来的忧伤情绪,使人久久难以忘怀。诗作语言简洁、生动,富有金属般的质感。程立龙的

《环卫工老马》以极为朴实的口语,描述了一个处于城市最底层的环卫工人的生存状态与精神状态,表达了诗人对底层人物命运的深切同情。柯桥的《大雪》则以充满泥土气息的语言与真实的细节描写,刻画出底层农民的本色形象,表达了诗人对底层穷人窘困命运的深切同情。霍竹山的《认识贫困》是对当下部分底层人民困苦生活的概括性描述。诗人调动丰富的乡村生活经验,以口语方式对贫困山村的荒凉情景予以了真实的再现。李皓的《狗尾巴草》以拟物的手法、自白的方式生动而形象地描述了狗尾巴草的生存状态,而在该诗的语境中狗尾巴草就是底层民众的隐喻或写照,从中可见诗人自觉的草根心态。与前面几首底层写作诗篇的沉重情绪基调有所不同,晓音的《我要去寻找我的兄弟》以心灵独白的手法表达了诗人对亲情的重视与珍惜。在这首诗中,诗人选择在夏天出门去寻找自己的兄弟,强调或渲染出一种温馨、热情与明朗的心境。

还有一些诗人,在进行底层写作或底层叙事的时候,并不仅仅满足对底层人民生存状态与精神状态的描述与揭示,而是进一步深入底层伦理的探讨与思考层面。例如,刘川的《贵客》对贫寒之家来了贵客无论如何都要想方设法杀鸡,或杀猪杀羊予以款待的情况进行了口语化的叙述。诗作的出彩之处是作品的结尾,六岁的孩子对贫穷父母的发问:"家里来的到底/是贵客/还是一把狠心的刀子"。这个孩子童言无忌的发问,直白、坦率、尖锐,击中要害,把许多贫寒之家为了应付社会性礼节而遭受的痛苦生存体验完全揭示出来了。作品中孩童角度的巧妙运用,对穷人道德观念的某种迂腐或虚伪予以了强烈的质疑,体现出诗作立意的深刻与高远。与此相类似,刘频的《野猪岭师公的祭语》通过一位民间祭师面向山神姿态虔诚的祈福祷告，表达对坏人损害与破坏老百姓庄稼不法行为的强烈愤慨与道德谴责。诗中这位民间祭师的祭语实质上就是底层伦理的诉求，诗作语言质朴、幽默、生动，充满民间审美文化趣味。唐晴的《一个人的力量是弱小的》以底层民众孤立无援时内心深处对侠客的想象与渴望为叙述对象，表现了诗人站在社会弱势群体立场对正义、公平的伦理诉求。作品语言简洁、有力，触动灵魂。

## 向度之三：生命写作

生命写作的最主要特点是指诗人从自己的生命体验出发来表达对生命与外部世界的内在感受，生命体验与生命意识是生命写作的核心内涵。简单来说，生命体验的真实性、深刻性、丰富性与复杂性，是衡量生命写作的重要尺度与标准。

与往年一样，2018年的中国诗坛，涌现了一大批质地优良、富有特色的生命写作诗歌文本。潘洗尘的《有哪一个春天不是绝处逢生》以大雪覆盖母亲墓地为情感的激发点，对母亲的去世表达了一种痛彻肺腑的生命体验，并且用生与死的激烈搏斗来展示诗人灵魂深处的情感挣扎与精神突围。诗作语言态度真诚、坦白，情绪跌宕起伏。张烨的《最后的青春》是对已经逝去的青春的一次心灵祭奠，对生命的黑暗、困顿与失落境遇发出了灵魂"带血的呼喊"。这种生命抒情的强度给人以情绪上的强烈感染。与张烨的生命抒情强度相类似，刘以林的《自己的血》以独白手法把"自己的血"所代表的生命激情与生命追求，用心灵幻象的方式加以精彩呈现。诗人对生命良知与正义的坚守，闪烁出人性的光辉，诗作语调铿锵有力，仿佛发自灵魂的生命呐喊。潇潇的《我的引力波》将诗思聚焦于自己与情人在机场告别瞬间的场景描写与情绪爆发,将生命与情爱的漂泊不定感给予了淋漓尽致的表达,女性自白式的叙述呈现出生命之痛感,深深触动读者的心灵。同样地,若离的《贩卖孤独》也以女性自白的叙述方式来表达自己的深度孤独。诗作所采用的反讽表现手法更为有力地强化了诗人负面性的生命体验。与潇潇、若离二位女诗人消极性的生命体验、情感表达方向不同,王桂林在《仰望星空》一诗中书写了一位男性在白天仰望星空的奇特生命体验。全诗采用一种魔幻叙事的手法,表现作品主人公(诗中的"他")精彩、诡异的白日梦。这种心灵幻象的书写可谓超凡脱俗,触及灵魂的隐秘地带。曹谁的《风中听竹叫》采用排比性的修辞手法揭示了人生的种种不如意,所表达的情绪密度很大,充满了生命的痛感体验。田湘的《坐在高铁上还嫌慢》表达了诗人对慢与快颇为独特与复杂的生命体验:一方面,诗人追求快,追求诗歌写作中艺术灵感的快速降临;另一方面,诗人又追求慢,希望时光慢下来,不要飞快流逝,以免经受衰老的烦恼。这种矛盾又复杂的心态被表达得非常深刻、到位,唤起人强烈的心灵共鸣。

  还有一些诗人,在其生命写作中灌注了非常自觉而强烈的生命意识。例如,李南的《未来有一天》在未来的时间向度上充满对自己生命的死亡预感,诗人的黑暗生命记忆使得她清醒地保持着悲剧的生命意识。诗作想象丰富,时空大幅度跳跃。李自国的《你将一无所知》以死者的口吻与角度叙述了一段苦难的生命史。诗人生动的死亡想象凸显出强烈的生命意识。谢克强的《活着》,在生命意识的照耀下,把自己作为一名诗人的迷惘、孤独、痛苦体验,上升为对诗歌艺术的追求。诗人把创作的诗歌作品作为生命存在的最高形式,如此就使得诗作的精神境界提升到一个很高的层次。此外,有些诗人还在生命写作中有意识地表达生命伦理观念,例如,徐柏坚的《让孩子们学会善良》用质朴的语言、真诚的态度表达诗人希望孩子们自觉培养善良品质的美好愿望。诗作所表达的生命伦理观念对改进当下的世风人心具有强烈的现实意义,值得赞赏。

而在实际的写作情形中,许多诗人在生命意识彰显的基础上,常常更进一步地将生命意识、伦理意识、生存意识以及人性意识自觉或不自觉地结合到一起。例如,鲁若迪基的《我恰巧走在那条路上》、谢小灵的《我和树木是一样的人》、喻子涵的《福泉过客》、阿毛的《反差》、戴潍娜的《悖论》、王伟的《就这样活着》、风言的《日复一日》、黄根生的《头发都看见了》、林秀美的《影子》、冉冉的《星期天上午》、方明的《交会》、孔令剑的《厌食症女孩》、李立的《在太阳城》、舒然的《镜中门徒》、施浩的《十月二十二日:深秋的月夜》、迥迥的《有花开了一夜》、瘦西鸿的《剑气》等便属于这类性质的文本,由此展示出了生命写作审美经验的宽度与厚度。

## 向度之四:神性写作

一般说来,神性写作建立在生命写作的基础之上,是对生命写作在情感层面的高度提纯与无限升华。神圣性、庄严性、超验性,是神性写作最为重要的三个审美特征。神性写作可以理解为一种宗教性写作,它对诗歌写作美学趣味的世俗化与粗鄙化倾向予以必要而有力的反拨,有效地维护了诗歌本身的艺术与精神尊严。

坚持神性写作向度的当代诗人数量不菲,他们每年都会为诗坛奉献一批优秀的诗歌文本。2018年，被公认为神性写作代表性诗人的吉狄马加为我们带来了《在尼基塔·斯特内斯库的墓地》。这首诗描述了在罗马尼亚杰出诗人尼基塔·斯特内斯库墓地的见闻与感想，表达了一位东方诗人对一位西方诗人的敬仰之情。诗作所表现的崇拜情结具有宗教体验般的色彩，作品语调沉重而庄严，想象超拔，气氛神秘，境界阔大。南鸥的《月亮走在无人的街道》对月光普照无人街道的动人景象进行了一种陌生化的书写。诗人对月亮与风这些自然景象萌生了一种神奇、静穆的灵魂体验。作品采用了心灵自白的表达方式，语调轻柔，情思纯粹。方文竹的《破阵子》表达了诗人在一个夜晚抛弃一切世俗杂念后孤独、宁静的生命体验。诗作呈现一系列具有超现实主义色彩的心灵幻象，意境空灵、高妙而超逸。

阿信的《写作的困惑》以神性意象"鹰"的创造与写作过程作为叙述内容，在图腾崇拜、诗歌崇拜的情感状态中展示出其神性写作的精神立场。作品构思巧妙，立意深远。三色堇的《暮色停在唇上》书写了诗人对日常生活中许多非凡之物的神秘感受，在面对语言苍白无力的感觉中揭示出神性之物的不可言说性，作品意境幽深。爱斐儿的《此处是莲花国净土》将莲花作为全诗的中心意象与情思激发点。诗作语言纯净，语调庄重，情感体验虔诚、庄重而悲欣交集，意境悠远深邃，充满动人韵味。与爱斐儿不同，王霆章的《平安夜，我看见圣神的微笑》书写了诗人的基督教文化体验。作品形式工整，表达有力。诗作所表现的上帝的悲天悯人情怀令人动容。姚辉的《梨花》则以日常生活中常见的花儿作为观察与描写对象，以一种悲天悯人的心态赋予了梨花高出凡尘的艺术形象，字里行间充溢着对灵魂境界的执着追求。黄恩鹏的《甘南记》与牛放的《诺日朗冰瀑》则以甘南、西藏地区超凡脱俗的自然风景与宗教寺庙等人文风景为观照对象,最终从唯美的画面呈现走向对神圣境界的精神膜拜,在面向自然进行心灵致敬式的书写中,诗人的自然情怀与宗教情结有机融合在一起。

此外,徐俊国的《满目繁花:致乌托邦》、梁尔源的《拉卜楞寺的红袈裟》、语伞的《塔》、吴海歌的《雪莲》、娜仁琪琪格的《额日布盖大峡谷》、卜寸丹的《镜子》、念琪的《弧光》、吴投文的《虚构的书房》、扎西才让的《护烛者》、乐冰的《在观音山,我卸下心中的重和痛》、王黎明的《关于舌头》、吴昕孺的《梦想国》、唐德亮的《隔世的光》、超侠的《剔一根骨头》、王若冰的《在云浮拜谒六祖慧能》、唐江波的《梵塔朝晖》、冰虹的《石头可证明》、王琪的《核桃林》、刘少柏的《翅膀向天空投递名片》、王彦山的《大河书》、许敏的《与落日书》、卡西的《月光恋》、沈秋伟的《轻巧的事物》、杨角的《看云》、石心的《一滴一滴醒来》、唐益红的《圣湖》、蓝晓的《塔尔寺的酥油花》等一大批诗歌作品均具有神性写作的色彩与韵味。它们在艺术想象的丰富与出色、情感体验的神秘与虔诚、境界的静穆与神圣方面,均各具特色,为读者提供了各种具宗教性或准宗教性的情感体验,体现出诗歌古老而常新的精神魅力。

### 向度之五:先锋写作

这里所谓的先锋写作是指诗人在写作观念、精神立场以及文本形式、修辞层面具有现代主义特质与后现代主义倾向的诗歌写作向度。

持有先锋写作向度的诗人体现出打破传统的先锋诗歌观念与精神指向。例如，姚风的《不写也是写的一部分》运用矛盾性的修辞与意象，对诗人非人性的生存境遇进行了直白的揭示。诗人内在的调侃与反讽语气强化了文本的现代性情感特质。陆健的《身世》以一次真实的被人误认的有趣经历为书写对象，以口语化、小说化的笔法对生活中的荒诞事件进行了幽默、生动的叙述，诗人强烈的荒诞人生体验给读者以非理性的观念认同。黄梵的《等》以一生的等待行为来阐释人生的荒诞本质，设置了若干个隐喻人生的意象片段，事物的变异或异化现象凸显出人生的荒诞处境，令人感觉极端无奈。向以鲜的《蜜獾》运用暗含反讽的、简洁的语言，揭示出事物的矛盾状态与荒诞境遇。田原的《边界》则以动物的自由状态与人类的画地为牢进行对比，从中表达出诗人对人类异化现象的内在不满与否定态度。泉子的《春梦》与师力斌的《天空的脸总是这么光洁》以流动的思绪与意象表达出两位诗人的虚无生命体验，从中彰显出他们身上自觉、鲜明的死亡意识。主要区别在于泉子的诗作忧伤而严肃，而师力斌的诗作则充满反讽意味。李永才的《人间剧场》运用颇为朴实的语言与意象，表达了诗人对人间生活与人类生命的阴暗感觉与荒诞体验。林雪的《不要打扰在地里种植的人》运用大量的非理性或者具有魔幻意味的意象与充满智慧感的矛盾修辞，呈现诗人对隐秘而残酷的人类命运的感性认知。林之云的《宣纸上的蚂蚁》通过对宣纸上一只蚂蚁在死亡边缘挣扎情形的细致描摹，表达出诗人对卑微生命不幸命运的深刻同情。衣米一的《美术馆》与顾北的《消声器》以隐喻手法与反讽性的表现手法，揭示世界上普遍存在的命运错位现象。王顺彬的《白乌鸦》以充满戏剧性的情绪与意象，对乌鸦的形象进行了全新的改写，从中传达出诗人对传统观念的深刻质疑与内在否定。与王顺彬的《白乌鸦》一诗的立意相类似,堆雪的《乌鸦》也以新颖的语言、意象与感觉,对传统乌鸦的形象进行了全新的塑造,使得乌鸦以正面的鸟类形象出现在世人面前。马启代的《椰子树是伟大的思想家》通过对椰子树的形象与人的形象的对比性描述,用椰子树的坚强与奉献精神来衬托人的脆弱与贪婪,发人深思。

不同于一些诗人侧重于人类生存境遇与命运主题的揭示,有的诗人则侧重于焦虑性、虚无性、魔幻性等内在体验的表达与呈现。童蔚的《疯安德烈对我说》以跳跃、突兀的意象与非逻辑性的、略显晦涩的诗句,传达出某种具有毁灭与虚无意味的非理性体验。梅尔的《旷野》某种意义上是对《圣经》人物与故事的现代性改写,诗人在诗作结尾处对死亡与重生含义的意象营造令人联想起艾略特《荒原》里经典意象片段。作品所传达的灰色感觉给人留下深刻印象。谭畅的《星星坡哀歌》与沙克的《贫穷的爱》以跳跃的、非理性的语句与意象,用一种魔幻般的表现手法,传达出诗人内心深处焦虑的、悲凉的感觉与体验。杨小滨的《我在台湾海峡数鲸鱼》同样以魔幻意象与手法来表达诗人对鲸鱼的敬畏心态,但传达出一种毁灭的恐惧混杂着探险的喜悦的奇特感受。花语的《更多的葵花低下头来》与石厉的《咖啡》则以幻觉意象的精准营造,表达出诗人黑暗、悲哀、痛苦的生命内在体验。谭克修的《荒地》以精确的语言与对比、反讽的手法,表达出对事物的悖谬性情感体验。胡丘陵的《我与一个耳聋的人交谈》则巧妙地利用感官的通感与错位效果,生动地表现出了诗人倾听交响曲音乐会的现代性感受。

还有一些诗人的先锋写作,主要体现在语言、形式、修辞层面的刻意追求上。例如,姜念光的《抽时间给你写封信吧》以词与物、能指与所指的对应性联想展开生动叙述，在对事物的荒诞性结局的揭示中展示出诗人优良的词语想象力与语言智慧。汪剑钊的《红豆杉》对一颗古树的形象予以了精准的勾勒，采取亦庄亦谐的方式来展示其现代性的语言写作姿态。曹有云的《惜墨》直接表明诗人在写作中追求艺术创造而不追求陈词滥调的语言态度，诗作所用的修辞方式充满现代性色彩。康城的《一句话》、张春华的《有一些词才刚刚诞生》、马海轶的《写作不关敏感》则对诗歌创作的过程进行了具有"元写作"色彩的语言呈现，呈现过程生动、到位，凸显出几位诗人身上极为自觉的词语意识。马非的《一场雨》运用纯口语的形式叙述了诗人对一场雨的观察过程，其平面化的写作方式凸显出生活无聊的真相与本质。李强的《白露》也是运用口语形式来表达诗人对白露节气的观感，对白色意象与排比句式的刻意运用使得文本流露出解构性的幽默味道。刘春的《孩子》运用口语生动地刻画出一位坦诚、可爱的早熟儿童形象，诗人对儿子的内在欣赏与诗作的反讽语调构成微妙的张力关系。林江合的《我为什么是诗人》同样运用口语来对自己成为诗人的原因进行真实、到位的分析，诗作传达出远超诗人年龄的幽默与反讽。

在形式建构上给人以非常强烈印象的应该是叶延滨的《水声》，诗人运用"听见""声音"这两个关键词语，并采用重复的手法，给读者造成视觉与听觉上的强烈刺激效果，其形式与内容的异质混成性颇具先锋诗歌的审美特质。与前辈诗人叶延滨形成一种有意无意呼应的是青年女诗人高璨的《独处》，该诗也全部采用排比方式，具有鲜明的视觉与听觉效果，有力地表现了作者的孤独生命体验。

## 向度之六：智性写作与形而上写作

所谓智性写作，是指诗人在写作中并不以抒情言志为追求目标，而是重视对人生感悟与思想智慧的艺术传达。简言之，智性写作是现代诗的主要特征之一。而在具体的写作过程中，智性写作通常是建立在诗人对外部世界与自我内心的观察、体验与感悟的基础之上。

陈先发的《自然的伦理》通过对一个日常生活场景的生动描述，呈现了诗人与自然之间复杂微妙的关系，并从中揭示出人类无法摆脱的自然的伦理，给人以深刻的思想启示。臧棣的《大觉寺归来》叙述了诗人从大觉寺游玩归来后的心灵顿悟，从一座废墟上觉悟到人生的空白与深奥。诗作形式工整，修辞严谨，节奏舒缓从容。梁平的《卸下》直接表达诗人在名利场上卸下面具、追求心灵轻松与精神自由的人生感悟，朴素自然的语言衬托出诗人对无欲无求的生命境界的回归心态。庄晓明的《我已年逾五旬》以中年心态审视自己的生命，用真诚的心灵自白表达自己对人生价值的虚无体验，给人以宁静的沉思。熊国华的《剪发》从自己剪头发的日常生活场景的观照中，觉悟到生命的烦恼如同头发一样是无法彻底铲除的。诗作语境透明，语调平静。慕白的《春中茶园作》从茶叶的制作过程联想到生命的存在与死亡，诗人对茶道与人心的感悟充满禅意般的智慧。与慕白不同，韩庆成的《从火车到动车》则体现出诗人的社会现实关怀意识。诗人从列车颜色、列车途经的城市以及旅客梦想的内容变化着眼，运用简洁、生动的语言与意象，非常机智地揭示出当下中国社会发生的巨大变化，给人留下深刻印象。

智性写作是诗人从自己的亲身经历与见闻中提炼思想与

智慧的写作行为，具有浓厚的经验色彩。有些诗人在一种冥想状态中，直接对生命、死亡、命运、时间、存在等宏大与深奥的命题展开沉思，具有超验色彩与哲思意味，属于一种形而上写作。例如，王家新的《在你的房间里》把房间里的照片以及在街道上散步遇到的树与人当作观照对象，以一种突发奇想的方式，指出人与人、人与物之间精神的相通性与命运的相似性，呈现出对生命存在的形而上思考。诗作形式工整，表达精准。于坚的《大象十章》以客观的态度对大象的形象予以了全方位的观照与塑造，着力揭示大象的生存状态以及在生活中负重前行的悲剧性命运。诗作的叙述语言绵长而表达精确，时空的开阔正好与深远的立意构成对应关系。吕约的《驳奥登》以诗人与西方现代诗巨擘奥登一场想象性的精神对话为开端，以非常简洁、有力的语言，表达了对独属于诗人的孤独、严酷的命运的深刻觉悟与本能抗争，具有醍醐灌顶般的思想开悟效果。与此相类似，卢卫平的《废弃的铁轨》以质朴的场景描写，对当下诗人找不到精神归宿的命运主题进行了形而上的追问。诗作意象画面鲜明，情绪忧伤迷茫，引人深思。阿斐的《在高铁站》以突发奇想式的上帝视角，对人类的悲剧性命运进行了充满形而上意味的推测，令人警醒。刘剑的《一棵树的命运》则直接对人与树的生存境遇展开了对比性的思考，在人不如树的命运评判中，诗人所展示出来的理性抽象思辨能力，为作品带来了一些哲思，值得赞许。黄晓园的《假如那一天来临》、夏海涛的《证明》与邓醒群的《最终一切都回归自然》则自觉地思考人类死亡与生命空虚现象，质朴、坦诚的语言叙述与人生真理的揭示相得益彰。

总之，智性写作与形而上写作是对当下平面化写作、形而下日常叙事潮流的有效反拨，有力地规避了当下无难度写作现象等不良倾向，确立了思想与哲学在诗歌写作中所具有的重要价值与地位。

## 向度之七：地域性写作与游记写作

在当下的全球化语境中，在其诗歌文本中彰显独特的本土经验，是今日中国诗人必然性的写作方向与自觉的艺术选择。因而，立足于本土审美文化经验呈现的地域性写作（或地方性写作）在当下诗坛大行其道，有其充分的理由与思想土壤（事实上，谭克修、卢辉等一批实力诗人近些年一直在积极地进行"地方主义写作"的诗学实践）。

一般而言，地域性写作是指诗人以特定地域的地理风景、民俗风情、历史传说、人文掌故等地域文化经验内容为审美书写对象。本土意象与地域经验，可以视作地域性写作具有标志性的形式与内容。例如，来自新疆的一批诗人，其笔下常常是有意无意地呈现出边疆意象与新疆经验。我们先来看看来自石河子的诗人彭惊宇的《春天的雄烈马》，诗人对新疆特产的雄烈马进行了高度艺术化的勾勒与塑造，语言生动、有力，想象丰富、超拔，风格雄放、奇崛，境界魔幻，大气磅礴，给读者留下五色斑斓的深刻视觉印象。我们再来看看来自伊犁的诗人亚楠的《羯鼓》，这首诗对新疆羯鼓震撼人心的听觉形象给予了简洁、有力的意象呈现，描写羯鼓的艺术感觉几近于出神入化的境地。不同于彭惊宇、亚楠这二位北疆诗人刚健豪迈的审美风格，来自阿克苏的诗人绿野在其诗作《落雪的南疆》中则为我们展示了一幅广阔而荒凉的南疆冬日风景画卷。作品意象鲜明，语言纯朴，情调苍凉而忧伤。来自青海的诗人杨廷成在诗作《高处的青稞》中通过典型的"青稞"意象描述，塑造出高原人民纯朴、豪爽、热情的文化性格。作品语言质朴、明朗、奔放，情感与形式相得益彰。来自西藏的诗人萱歌在其诗作《尼玛三章》中对藏北的山川风景进行了生动传神的描述，神性写作的姿态与语调，展示出萱歌作为一名藏地诗人在自然面前存有的虔诚、敬畏与膜拜态度。来自四川的诗人赵晓梦的诗作《宽窄巷的下午茶》对成都一条著名街道里的悠闲的生活方式与品茶场景进行了细节描写。作品由四个诗节构成，形式工整，暗含一年四季的时间寓意，而作品的叙述语调从容、舒缓，正透出老成都所崇尚的慢生活的城市韵味。来自山西的诗人郭新民的诗作《沁河是一条亲切的河流》，对太行山山区一条河的景致进行了质朴、细致的描述。作品语言清新，情感真挚，表现了诗人对当下主流社会价值的观念认同。来自福建现居北京的诗人安琪在其诗作《福建》中对故乡福建表达了强烈的情感认同。诗作采用心灵自白的手法，运用富有想象力与艺术张力效果的诗句来呈现其身为福建人的地域身份认同。而来自四川现居深圳的诗人唐成茂在其诗作《在故乡　一切恩仇化为问候》中对故乡的人与事予以了记忆完整的生动叙述，语言坦诚而幽默，联想丰富而自然，诗人对乡愁体验的有力书写凸显其故乡认同的强烈。

　　自古至今，诗人都喜欢游山玩水，以此寻找写诗的灵感，进入21世纪以来，随着旅游的进一步兴盛，诗人更成为积极乃至狂热的旅行者。我们可以把诗人对某一地域的印象、认知与感悟的写作命名为游记写作，某种意义上，也可以把游记写作视为一种地域性写作，只不过游记写作的作者是以他者的眼光对某一地域进行陌生化打量与审美书写，与本土诗人对本土景物的书写存在一种审美文化眼光与趣味上的差异。例如，龚学敏的《在鄂尔多斯草原谒成吉思汗陵》对鄂尔多斯草原的各种风景与人物进行了富有层次的书写，以巧妙的构思表达其对一代天骄成吉思汗内在虔诚的敬意。作品视野开阔，意象设置富有草原特色。与前者题材相类似，杨四平的诗作《在成陵看成吉思汗》选择对蒙古族杰出英雄成吉思汗的画像进行直接的瞻仰。诗人通过女儿的天真问话与当下一些到访成陵的社会风云人物的失落表现，反衬出成吉思汗真正的英雄本色。杨志学的《巴丹吉林岩画：鹿、盘羊与骑者》对诗人一次远足所参观到的神秘岩画进行了精彩、生动的描述。作品语言简洁，意象鲜明，形神毕现，令人回味。高兴的《远处》以江西婺源这个中国南方古村落风貌保存得最为完好的旅游胜地作为书写对象，对油菜花、桥边的船、星星、新茶等原生态的纯净事物与自然意象进行了充满古典美感的叙述，俨然表现了诗人的一种新桃源体验。祁人的《百丈漈》对浙江文成境内的三叠泉的壮观奇幻风景予以了精彩的描写，语言流畅，气势奔涌，意象鲜明。诗人丰富的联想让瀑布成为自己精神状态的隐喻，使得诗作的境界顿时得以提升。夏花的《我与海从未有约定》记叙了诗人一次难得的去海边游玩的经历，用物我交融、灵魂相通的感觉方式表达其内心深处的大海情结，诗作语言自然、有味，想象丰富，境界空灵。与夏花的诗作有些类似，保保的《洱海》用主观意象的方式表达了诗人对洱海的热爱情感。作品语言表达精确、到位，想象大气，境界开阔，令人回味无穷。罗鹿鸣的《哈拉库图城》以青海一座著名历史名城为情思抒发对象，意象丰富生动，语言流畅有力，情感饱满真挚，尤其是结尾处对当代大诗人昌耀与时代错位关系的勇敢揭示，凸显出该诗锐利的思想力量。李云的《古寺在心》则记录了诗人寻访南山古寺的心路历程。诗人运用丰富的想象力与超人的观察力，对南山古寺的超凡形象予以了立体性的传神描述,语言干净,表达精确,结尾处的"古寺在心"幡然感悟闪现出禅宗般的智慧。我们不妨将此诗看作一种精神游记。

此外,在2018年度,姚江平、艾子、陈跃军、单增曲措、海湄、罗晖、胡勇、王爱红、李孟伦、李林芳、马慧聪、况璃、舒喆、刘晓平、林莉、邓涛、钱轩毅、洪老墨、游华、吴捍东、和克纯、蒋芸徽、杨海蒂、龚璇、干天全、欧阳黔森、刘雅阁、李皓、彭桐、朱文平、吉利力·海利力等一大批诗人均在地域性写作与游记写作方面,为读者提供了在地域文化审美经验上品位不俗、各具特色的诗歌作品。

## 向度之八:审美写作

当下,有越来越多的诗人在重新审视中国诗歌的美学传统,重视诗歌的意象呈现与抒情功能,回归诗歌的审美写作向度。在具体的审美写作中,有些诗人偏重于意象的营造,以此来表达自己对事物的感知与印象;有些诗人则偏重于情感的抒发,以此来表达自己内心强烈的情绪或情感。当然就实际情形来看,很难存在纯粹的意象诗篇与抒情诗篇,二者通常呈现着不同程度的重合与叠加。不过,具体到某一个诗人的某一首诗,基本上还是存在着或偏重于意象或偏重于抒情的诗歌写作方式。

2018年度,在体现为意象性写作的向度上,出现了一批数量不菲的优秀作品。举例来说,树才的《一颗马尾松——赠阿野》将马尾松作为诗中"阿野"的意象造型,意象设置鲜明、生动而独特,语言表达精准有力。全诗形式工整,韵律和谐,想象丰富,意境悠远,展示出诗人深厚的艺术功底。大卫的《了不起的图钉》对黄昏河上落日进行意象性描绘,将落日联想成图钉,意象显得大胆、奇崛而鲜明。诗作对河上落日景象的刻画非常精彩传神,令读者难以忘怀。与此相类似,段光安的《团泊洼秋天滴血的残阳》也是以落日作为书写对象。诗人发挥大胆的艺术想象,通过血淋淋的人体意象描画来表现夕阳给人们带来的美感,极富视觉冲击效果。高作余的《老虎自画像》以老虎的视角与口吻刻画一头百兽之王的威猛形象,意象奇幻、峭拔,展现出诗人超现实主义的艺术想象力。蒲小林的《宋瓷》以诗人超越时空的出色想象力表现宋瓷被发掘出土的情景,意象奇特、鲜活,语言质感鲜明,立意高迈,令人赞赏。欧阳白的《短章》对蜻蜓、二胡、大和尚等日常生活中常见的人与物进行了印象书写,意象平中见奇,鲜活传神,韵味十足。阎志的《虚石牧场》描绘了一个乡间牧场的日常场景,画面鲜明,语调恬淡,充满怀旧、温馨、悠闲的情绪,传达出具有古典品质的情感体验。

有些诗人在审美写作中则更倾向于抒情性写作向度,这常常体现出诗人身上的浪漫主义诗歌精神。例如,张战的《没有比秋刀鱼更好听的名字了》以秋刀鱼的视觉形象为切入点,展开对诗人所牵挂的亲人的日常生活场景细致而生动的描述。诗作虽然不乏精妙的意象呈现,但作品重点表达了诗人对亲人的深切思念与温柔情感。周占林的《字库阁里寻找一个词语》表达了诗人对字库阁这样一个地方与场所眷恋、不舍的强烈情感。作品由开始的爱与期望转向后来的无言的忧伤,给人以情绪上的深深感染。爱情是诗人喜欢表达的一种美好情感。例如,在度母洛妃的《爱之无题》一诗中,诗人用真诚而节制的语言诉说了"我"对"你"的脉脉深情,展现出古典爱情的境界,令人倍感温馨。与度母洛妃颇为类似,王舒漫在其诗作《大雪有自己的歌》中也以自白方式,表达了"我"对

"你"的一片痴情。作品对大雪景象的描述，反衬出诗人对自己爱人的内在热情，节制而忧伤的言说语调，表达着作品古典而浪漫的爱情体验。布木布泰的《在一颗尘埃的中心与时光对峙》于跨越时空的浪漫想象中，以唯美的意象画面与坦诚的心灵自白，表达诗人对心仪之人的一片痴情。与前面三位女诗人的爱情诉求不大相同，安妮的《夜的光线》以上帝之子般的赤诚之爱描述白血病患儿与病魔抗争的情形。诗人发自灵魂深处的悲天悯人与博爱情怀感人至深。

更多情况下，意象与抒情有机结合或彼此融合的审美写作向度为更多的诗人有意无意地采纳。例如，华清的《麦地的三月——致海子》在对海子的经典诗歌意象"麦地"进行一种互文性书写的基础上，对海子身前身后的精神命运给予了准确、到位的诗性阐述。诗作中生动、精彩的意象呈现与场景描叙，与诗人对海子的深切理解与深刻同情相得益彰、水乳交融。阿B的《天空之灰》也是以表达对一代天才诗人海子的怀念之情为宗旨的，作品中贴切、到位的色彩意象的刻意呈现与女诗人的伤感情绪互为辉映。李少君的《西山如隐》表达了诗人对名士风度的追求，用愿意成为西山的人生假设来呈现其与世无争的恬淡心境。作品平静的语调与优雅的情绪相匹配。庄伟杰的《夜半时分》以心灵自白的方式将对生命存在的感悟款款道来，语言自然从容，意象跳跃有致，想象丰富而自然，情调古典而浪漫，情感真挚而洒脱，体现出诗人对高洁生命境界的执着追求。陈小平的《看见》通过诗人与儿子的一番心灵对话，以情景剧的表现手法展示了父子之间的骨肉深情。柏常青的《断章取义》对自己的生存状态进行了多层面的呈现，意象与抒情有机结合，表达了诗人对人生的悲剧性情感体验。

除了上面提及的诗人诗作外，马培松、箫风、孤城、赵目珍、雪鹰、李建军、胡刚毅、秀实、雪丰谷、瓦刀、西可、陈树照、崔志刚、王立世、黄挺松、马丽、李荣茂、蒋兴刚、宁明、张民、丘树宏、木汀、肖华来、弭节、季冉、张鲜明、梁潮、杜杜、银莲、张瑛、高海平、苏糖果、梁潇霏、祝雪侠、李川李不川、王忆等一大批诗人，均在其包含着意象与抒情元素的审美写作诗歌文本中，有其艺术表现与情感抒发上的可圈可点之处。这一大批诗人带给我们的具有浪漫主义与古典主义审美情调的阅读体验，有效传承了中国诗歌美学基因，值得重视与赞赏。

以上八种诗歌写作向度的归类只是为了论述的方便，而实际上，不同诗歌写作向度之间均可能存在不同程度的交集与重合。总体来看，与前几年一样，2018年的中国新诗写作在展示当下美学生态与艺术格局的多样性与丰富性方面，以及在呈现诗人审美情感经验的深度与宽度方面，整体上取得了颇为扎实的成绩。当然，限于篇幅与视野，不少优秀诗人的优秀诗作（尤其是长诗作品）未能论及，存在遗珠之憾。我们有理由相信，已经踏上百年新诗再出发旅程的老、中、青几代中国当代诗人，一定会带着人们沉甸甸的希冀，在下一个百年新诗的征途上继续行稳致远，努力为我们创造出更为璀璨的诗歌艺术与精神景观！

谭五昌
2019年小满，完稿于北京京师园

# 目 录

## 一 月

| | | |
|---|---|---|
| 自然的伦理 | 陈先发 | 003 |
| 一棵马尾松 | 树 才 | 004 |
| 麦地的三月 | 华 清 | 006 |
| 有哪一个春天不是绝处逢生 | 潘洗尘 | 007 |
| 红 薯 | 田 禾 | 008 |
| 备好了橡 | 侯 马 | 009 |
| 了不起的图钉 | 大 卫 | 010 |
| 斑 马 | 宋晓杰 | 011 |
| 未来有一天 | 李 南 | 012 |
| 在我乌黑发亮的记忆里 | 蔡天新 | 013 |
| 爱琴海的缪斯 | 盛华厚 | 014 |
| 月光恋 | 卡 西 | 015 |
| 祷告者 | 马文秀 | 016 |
| 迎新年 | 况 璃 | 017 |
| 一棵树的命运 | 刘 剑 | 018 |
| 月亮走在无人的街道 | 南 鸥 | 020 |
| 春中茶园作 | 慕 白 | 021 |
| 断章取义（节选） | 柏常青 | 022 |
| 短 章 | 欧阳白 | 023 |
| 贫穷的爱 | 沙 克 | 024 |
| 诺日朗冰瀑 | 牛 放 | 025 |
| 关于舌头 | 王黎明 | 027 |

| | | |
|---|---|---|
| 石头和水 | 绿　音 | 028 |
| 星星坡哀歌（节选） | 谭　畅 | 029 |
| 空　惘 | 起　伦 | 031 |
| 反　差 | 阿　毛 | 032 |
| 天衣无缝 | 马志刚 | 033 |
| 一株自杀的风信子 | 杨　康 | 034 |
| 她开门的声音，让我的世界摇晃了几下 | 王立世 | 035 |
| 空　山 | 赵目珍 | 036 |
| 路　口 | 雪　鹰 | 037 |
| 我为什么是诗人 | 林江合 | 038 |
| 翅膀向天空投递名片 | 刘少柏 | 039 |
| 甘南记（节选） | 黄恩鹏 | 040 |
| 跟着父亲上山 | 胡建文 | 042 |

## 二　月

| | | |
|---|---|---|
| 疯安德烈对我说 | 童　蔚 | 045 |
| 致女儿 | 姚　风 | 046 |
| 旷　野 | 梅　尔 | 047 |
| 梦想国 | 吴昕孺 | 048 |
| 写给康德 | 李东海 | 049 |
| 风中听竹叫 | 曹　谁 | 052 |
| 幽谷深山 | 李建军 | 053 |
| 我和树木是一样的人 | 谢小灵 | 054 |
| 冒白烟的黑姑娘 | 陈雨吟 | 055 |
| 爱之无题 | 度母洛妃 | 056 |
| 悖　论 | 戴潍娜 | 057 |
| 送你，爱的十四行诗 | 李川李不川 | 058 |

| | | |
|---|---|---|
| 大地的眼泪 | 罗　晖 | 059 |
| 让蛇存在 | 韩敬源 | 061 |
| 在早班地铁里假寐 | 刘傲夫 | 062 |
| 隔世的光 | 唐德亮 | 063 |
| 最美的人间图画 | 梁潇霏 | 064 |
| 落雪的南疆 | 绿　野 | 065 |
| 核桃林 | 王　琪 | 066 |
| 苍凉之河 | 瓦　刀 | 067 |
| 岛　屿 | 育　邦 | 068 |
| 城市鸟巢 | 王长征 | 069 |
| 黑夜从远方而来 | 苏笑嫣 | 071 |
| 城市是只妖 | 卫国强 | 072 |
| 遇到鲁迅 | 赵宏兴 | 073 |
| 饮茶的人 | 陈伟平 | 074 |
| 尼玛三章 | 萱　歌 | 075 |
| 在初春的蒸水河边，<br>我看到柔情的柳正在穿衣 | 陈群洲 | 076 |

## 三　月

| | | |
|---|---|---|
| 在鄂尔多斯草原谒成吉思汗陵 | 龚学敏 | 079 |
| 边　界 | 田　原 | 080 |
| 等 | 黄　梵 | 082 |
| 拉卜楞寺的红袈裟 | 梁尔源 | 083 |
| 在故乡　一切恩仇化为问候 | 唐成茂 | 084 |
| 母亲简历 | 罗振亚 | 086 |
| 这个冬天我只负责滴水成冰 | 陈泰灸 | 087 |
| 古　井 | 徐良平 | 088 |

| | | |
|---|---|---|
| 无字忧伤 | 蓝 帆 | 089 |
| 日复一日 | 风 言 | 090 |
| 大 道 | 黄海兮 | 091 |
| 落寞的纯净 | 梁 潮 | 092 |
| 一个人的力量是弱小的 | 唐 晴 | 093 |
| 修辞人生 | 曾若水 | 094 |
| 库 车 | 牛红旗 | 095 |
| 我听到秋天 | 麦 阁 | 096 |
| 老照片的发现 | 王 威 | 097 |
| 傍晚，在清河边 | 王爱红 | 098 |
| 悼洛夫先生 | 雁 西 | 099 |
| 三 月 | 田晓华 | 101 |
| 与落日书 | 许 敏 | 102 |
| 乾清宫 | 孙 文 | 103 |
| 在一颗尘埃的中心与时光对峙 | 布木布泰 | 104 |
| 为你写诗 | 潘宏义 | 105 |
| 在红崖峡谷 | 王建峰 | 106 |
| 老屋的柴门 | 冷先桥 | 107 |
| 赠 内 | 徐春芳 | 108 |
| 戊戌年正月十七的黎明 | 格 格 | 109 |

## 四 月

| | | |
|---|---|---|
| 大象十章（节选） | 于 坚 | 113 |
| 在丁村 | 周庆荣 | 115 |
| 远 处 | 高 兴 | 116 |
| 自己的血 | 刘以林 | 117 |
| 湟水河 | 甘建华 | 118 |

| | | |
|---|---|---|
| 高处的青稞 | 杨廷成 | 119 |
| 在离天空更近的地方想你 | 银莲 | 121 |
| 福泉过客（节选） | 喻子涵 | 122 |
| 有一些词才刚刚诞生 | 张春华 | 124 |
| 出租房 | 庄凌 | 125 |
| 寻人启事 | 李昀璐 | 126 |
| 扎尕那 | 龚璇 | 127 |
| 秋天的树 | 胡刚毅 | 128 |
| 头发都看见了 | 黄根生 | 129 |
| 无题 | 马丽 | 130 |
| 另一种美 | 李荣茂 | 131 |
| 野猪岭师公的祭语 | 刘频 | 132 |
| 灵魂没有伴侣 | 毛惠云 | 133 |
| 额日布盖大峡谷 | 娜仁琪琪格 | 134 |
| 城市里的麻雀 | 宁明 | 135 |
| 天空的脸总是这么光洁 | 师力斌 | 136 |
| 老阴山的风 | 孤城 | 137 |
| 一群蒲公英飞来，像一场大雪 | 苏唐果 | 138 |
| 一滴泪，挂在尘世的眼角 | 马汉良 | 139 |
| 美术馆 | 衣米一 | 140 |
| 陌生 | 梁志宏 | 141 |
| 洞天漂流之后 | 雨田 | 142 |
| 有一种期待叫有生之年 | 张瑛 | 143 |
| 最终一切都回归自然 | 邓醒群 | 144 |
| 在一把折扇中撞见暮年 | 汪亚萍 | 145 |

## 五　月

| | | |
|---|---|---|
| 在尼基塔·斯特内斯库的墓地 | 吉狄马加 | 149 |
| 大觉寺归来 | 臧棣 | 150 |
| 我的引力波 | 潇潇 | 151 |
| 驳奥登 | 吕约 | 152 |
| 荒　地 | 谭克修 | 153 |
| 活　着 | 谢克强 | 154 |
| 我为一顿肉记住了父亲 | 大枪 | 156 |
| 五月的偏头疼 | 肖梅 | 158 |
| 满目繁花：致乌托邦 | 徐俊国 | 159 |
| 登岳麓山 | 雪马 | 160 |
| 看　云 | 杨角 | 161 |
| 梨　花 | 姚辉 | 162 |
| 阿美古调 | 张元 | 163 |
| 宽窄巷的下午茶 | 赵晓梦 | 164 |
| 字库阁里寻找一个词语 | 周占林 | 165 |
| 稻　谷 | 方雪梅 | 166 |
| 归乡如酿酒 | 胡勇 | 167 |
| 一句话 | 康城 | 168 |
| 塔尔寺的酥油花 | 蓝晓 | 169 |
| 一次一次摇上来 | 远心 | 170 |
| 绿蔷薇 | 良甜 | 171 |
| 在唐城墙遗址：铁发芽 | 彭志强 | 172 |
| 塔 | 语伞 | 173 |
| 夜的光线 | 安妮 | 174 |
| 割草工 | 高海平 | 176 |
| 苦　难 | 吕达 | 177 |

| | | |
|---|---|---|
| 宋 瓷 | 蒲小林 | 178 |
| 春 梦 | 泉 子 | 179 |
| 旅 人 | 孙晓杰 | 180 |
| 圣 湖 | 唐益红 | 181 |
| 一个鸡蛋的传说 | 苇青青 | 182 |

## 六 月

| | | |
|---|---|---|
| 身 世 | 陆 健 | 185 |
| 古寺在心 | 李 云 | 187 |
| 你将一无所知 | 李自国 | 189 |
| 大 雪 | 阿 信 | 191 |
| 红豆杉 | 汪剑钊 | 192 |
| 仰望星空 | 王桂林 | 193 |
| 笔 韵 | 吴捍东 | 194 |
| 我要去寻找我的兄弟 | 晓 音 | 195 |
| 轻是一种境界 | 徐丽萍 | 196 |
| 锁控金川 | 杨 梓 | 197 |
| 我已年逾五旬 | 庄晓明 | 198 |
| 此处是莲花国净土 | 爱斐儿 | 199 |
| 镜 子 | 卜寸丹 | 200 |
| 有花开了一夜 | 迥 迥 | 201 |
| 墓前，那声清脆的枪响 | 干天全 | 202 |
| 父 亲 | 黑 丰 | 203 |
| 在太阳城 | 李 立 | 204 |
| 守 望 | 李孟伦 | 205 |
| 宁静的 | 丘文桥 | 206 |
| 大佛寺 | 云 仙 | 207 |

| | | |
|---|---|---|
| 我喜欢的是那水滴 | 马培松 | 209 |
| 在钟鼓楼上看立秋 | 蔓 琳 | 210 |
| 一夜之后 | 漆宇勤 | 211 |
| 上海虹桥站坐高铁记 | 石立新 | 212 |
| 天山姑娘 | 欧阳黔森 | 213 |
| 咖 啡 | 石 厉 | 214 |
| 剑 气 | 瘦西鸿 | 215 |

## 七 月

| | | |
|---|---|---|
| 水 声 | 叶延滨 | 219 |
| 抽时间给你写封信吧 | 姜念光 | 220 |
| 蜜 獾 | 向以鲜 | 221 |
| 一个人的黄河 | 曲 近 | 222 |
| 更多的葵花低下头来 | 花 语 | 223 |
| 信 封 | 木 汀 | 224 |
| 孩 子 | 刘 春 | 225 |
| 春风浩荡　云上千里 | 崔志刚 | 227 |
| 证 明 | 夏海涛 | 228 |
| 铁匠铺 | 杨北城 | 229 |
| 沿着青海湖的方向 | 孔占伟 | 230 |
| 狗尾巴草 | 李 皓 | 231 |
| 老槐树下 | 刘晓平 | 232 |
| 北京蓝 | 舒 喆 | 233 |
| 乌 鸦 | 堆 雪 | 234 |
| 人间剧场 | 李永才 | 235 |
| 轻巧的事物 | 沈秋伟 | 236 |
| 虎丘送客图 | 肖华来 | 238 |

| | | |
|---|---|---|
| 走马青海（节选） | 陆　子 | 239 |
| 一条河流给我的幸福 | 小　语 | 240 |
| 妈妈的长发 | 祝雪侠 | 241 |
| 我与海从未有约定 | 夏　花 | 242 |
| 太阳每天会升起 | 卢　辉 | 243 |
| 影　子 | 林秀美 | 244 |
| 坐在高铁上还嫌慢 | 田　湘 | 246 |
| 石头可证明 | 冰　虹 | 247 |
| 盛春的这一场花事 | 赵　琳 | 248 |

## 八　月

| | | |
|---|---|---|
| 卸　下 | 梁　平 | 253 |
| 夜半时分 | 庄伟杰 | 254 |
| 春天的雄烈马 | 彭惊宇 | 255 |
| 我在台湾海峡数鲸鱼 | 杨小滨 | 256 |
| 虚构的书房 | 吴投文 | 257 |
| 每当母亲弯腰 | 唐　诗 | 258 |
| 星期天上午 | 冉　冉 | 259 |
| 十月二十二日：深秋的月夜 | 施　浩 | 260 |
| 悼诗人江一郎 | 涂国文 | 261 |
| 大河书 | 王彦山 | 262 |
| 铸　剑 | 夏　吟 | 263 |
| 山的记忆 | 徐　明 | 264 |
| 死亡之岛 | 许耀林 | 265 |
| 在成陵看成吉思汗 | 杨四平 | 266 |
| 看　见 | 陈小平 | 267 |
| 夜长安 | 程绿叶 | 268 |

| | | |
|---|---|---|
| 一个球形的江湖 | 邓　涛 | 270 |
| 同温层 | 方　群 | 271 |
| 你带走了我身体中最湿润的部分 | 季　冉 | 272 |
| 空响的光线（节选） | 蒋兴刚 | 273 |
| 剃须帖 | 柳必成 | 275 |
| 下午茶 | 丘树宏 | 276 |
| 弦歌 | 弭　节 | 277 |
| 世间最好的女子 | 涓　子 | 279 |
| 为生而生 | 眉　儿 | 281 |
| 留白 | 嗯　呐 | 282 |
| 拜汪伦 | 彭　桐 | 284 |

## 九　月

| | | |
|---|---|---|
| 我恰巧走在那条路上 | 鲁若迪基 | 287 |
| 巴丹吉林岩画：鹿、盘羊与骑者 | 杨志学 | 288 |
| 转动 | 第广龙 | 289 |
| 护烛者 | 扎西才让 | 290 |
| 宣纸上的蚂蚁 | 林之云 | 291 |
| 吞食太阳 | 田　放 | 292 |
| 在云浮拜谒六祖慧能 | 王若冰 | 294 |
| 一世迷途 | 王　忆 | 295 |
| 一个傈僳族老人 | 五　噶 | 296 |
| 剪影 | 杨映红 | 297 |
| 初访少林寺 | 朱文平 | 298 |
| 交会 | 方　明 | 299 |
| 在高铁站 | 阿　斐 | 301 |
| 小船工，不喊疼的水 | 陈惠芳 | 302 |

| | | |
|---|---|---|
| 阿　吾 | 单增曲措 | 303 |
| 团泊洼秋天滴血的残阳 | 段光安 | 304 |
| 老虎自画像 | 高作余 | 305 |
| 罗亭的初秋 | 洪老墨 | 306 |
| 深秋，月有铁的锈迹 | 剑　东 | 307 |
| 厌食症女孩 | 孔令剑 | 308 |
| 在观音山，我卸下心中的重和痛 | 乐　冰 | 309 |
| 秋水长天 | 冷燕虎 | 310 |
| 云海之上 | 李　东 | 311 |
| 华山论剑记 | 李林芳 | 312 |
| 白　露 | 李　强 | 313 |
| 椰子树是伟大的思想家 | 马启代 | 314 |
| 我的影子 | 娜斯佳 | 315 |
| 镜头里的税月 | 游　华 | 316 |
| 想跟你谈谈关于秋天的感受 | 张鲜明 | 318 |
| 在洗耳河，听鸟叫的声音 | 姚江平 | 319 |
| 一壶时光 | 陈相国 | 320 |
| 写在白露：秋木的真理 | 黄挺松 | 322 |
| 天空之灰 | 阿　B | 323 |
| 惜　墨 | 曹有云 | 325 |

## 十　月

| | | |
|---|---|---|
| 在你的房间里 | 王家新 | 329 |
| 京张铁路 | 黄亚洲 | 330 |
| 文武之道 | 曾凡华 | 332 |
| 沁河是一条亲切的河流 | 郭新民 | 336 |
| 从火车到动车 | 韩庆成 | 337 |

| | | |
|---|---|---|
| 福　建 | 安　琪 | 338 |
| 废弃的铁轨 | 卢卫平 | 339 |
| 虚石牧场 | 阎　志 | 340 |
| 哈拉库图城 | 罗鹿鸣 | 341 |
| 消声器 | 顾　北 | 342 |
| 我与一个耳聋的人交谈 | 胡丘陵 | 343 |
| 百宝箱 | 胡粤泉 | 344 |
| 烟火人间 | 贾　丽 | 345 |
| 张家界玻璃栈道 | 刘雅阁 | 346 |
| 香山红叶 | 路文彬 | 347 |
| 洱　海 | 倮　倮 | 348 |
| 一场雨 | 马　非 | 349 |
| 美丽的季节（节选） | 梅黎明 | 350 |
| 小木马的红色心跳声 | 明　栦 | 351 |
| 日暮乡关 | 育　聪 | 352 |
| 到岳家村，青椒正绿 | 蒋芸徽 | 353 |
| 环卫工老马 | 程立龙 | 354 |
| 达娃卓玛故居 | 陈跃军 | 356 |
| 认识贫困 | 霍竹山 | 357 |
| 假如那一天来临 | 黄晓园 | 358 |
| 斯蒂芬·霍金 | 宇　秀 | 359 |
| 白桦树 | 张　民 | 360 |
| 镜中门徒 | 舒　然 | 361 |
| 一条道路 | 布日古德 | 362 |
| 降　落 | 杜　杜 | 363 |

## 十一月

| | | |
|---|---|---|
| 胡　姬 | 车延高 | 367 |
| 最后的青春 | 张　烨 | 368 |
| 不要打扰在地里种植的人 | 林　雪 | 369 |
| 武　侠 | 辛　牧 | 371 |
| 在楠溪，我想做一尾自在的鱼 | 箫　风 | 372 |
| 破阵子 | 方文竹 | 373 |
| 贩卖孤独 | 若　离 | 374 |
| 暮色停在唇上 | 三色堇 | 375 |
| 羯　鼓 | 亚　楠 | 376 |
| 我的父亲母亲 | 阿琪阿钰 | 377 |
| 独　处 | 高　璨 | 378 |
| 饮马而归 | 黑　多 | 379 |
| 永　恒 | 胡　薇 | 380 |
| 惑 | 黄祥云 | 381 |
| 羊儿如时间一样移动 | 黄　也 | 382 |
| 想听你叫我小雪 | 欧阳清清 | 383 |
| 原谅诗 | 哨　兵 | 384 |
| 我摊开的双掌上写着两个字：西，夏（节选） | 水　尘 | 385 |
| 梵塔朝晖 | 唐江波 | 387 |
| 雪　莲 | 吴海歌 | 388 |
| 让孩子们学会善良 | 徐柏坚 | 389 |
| 小雨叩窗 | 雪丰谷 | 390 |
| 带着秋天的落叶回家 | 桂　杰 | 391 |
| 发源处 | 木　叶 | 392 |
| 弧　光 | 念　琪 | 393 |
| 秋　雨 | 周园园 | 394 |

| | | |
|---|---|---|
| 怪柳林 | 杨海蒂 | 395 |
| 落叶赋 | 张　琳 | 396 |
| 被光涂鸦的影子 | 张云霞 | 397 |
| 在深圳高新园坐地铁 | 赵金钟 | 398 |
| 苍穹之光 | 达则果果 | 399 |

## 十二月

| | | |
|---|---|---|
| 西山如隐 | 李少君 | 403 |
| 侠客：儿时的梦 | 高　凯 | 404 |
| 贵　客 | 刘　川 | 405 |
| 画中人 | 秀　实 | 406 |
| 百丈漈 | 祁　人 | 407 |
| 所以在苍笼怀念老昌耀 | 肖　黛 | 409 |
| 白乌鸦 | 王顺彬 | 410 |
| 剪　发 | 熊国华 | 411 |
| 平安夜，我看见圣神的微笑 | 王霆章 | 412 |
| 就这样活着 | 王　伟 | 413 |
| 不知命 | 王文雪 | 414 |
| 归　来 | 西　可 | 415 |
| 天凉了 | 袁东瑛 | 416 |
| 包孕吴越 | 安娟英 | 417 |
| 有点力就会把你刺痛 | 陈树照 | 418 |
| 乡村的夜空 | 海　湄 | 419 |
| 清凌凌的玉泉水 | 和克纯 | 420 |
| 游走珠江 | 吉利力·海利力 | 421 |
| 乌木回头 | 康　桥 | 422 |
| 读碑记 | 林　莉 | 423 |

| | | |
|---|---|---|
| 写作不关敏感 | 马海铁 | 424 |
| 成　都 | 马慧聪 | 425 |
| 落下的一种情怀 | 裴郁平 | 426 |
| 在河边 | 钱轩毅 | 427 |
| 一滴一滴醒来 | 石　心 | 428 |
| 大雪有自己的歌 | 王舒漫 | 429 |
| 未知的部分 | 熊　曼 | 430 |
| 古银瀑布 | 艾　子 | 431 |
| 剔一根骨头 | 超　侠 | 432 |
| 第二十五个节气 | 张　静 | 433 |
| 没有比秋刀鱼更好听的名字了 | 张　战 | 434 |
| 大　雪 | 柯　桥 | 435 |
| 雪盲症 | 朱　涛 | 436 |
| 雨中永恒 | 程　华 | 437 |
| 爱上异乡 | 黑骏马 | 439 |
| 做个辽阔的人 | 袁　翔 | 440 |
| 我看见一个男人抱着一块铁奔走 | 水　笔 | 441 |

后　记　　　　　　　　　　　　　442

一月

1

## 自然的伦理

陈先发

晚饭后坐在阳台上
坐在风的线条中
风的浮力,正是它的思想
鸟鸣,被我们的耳朵
塑造出来
蝴蝶的斑斓来自它的自我折磨
一只短尾雀,在
晾衣绳上踱来踱去
它教会我如何将
每一次的观看,都
变成第一次观看——
我每个瞬间的形象
被晚风固定下来,并
永恒保存在某处
世上没有什么铁律或不能
废去的奥义
世上只有我们无法摆脱的
自然的伦理

## 一棵马尾松
——赠阿野

树　才

你高于其他松树
姿态像在奔跑

风是你的比赛对手吗
你跑得越来越快

你怎么也跑不过风
风可以跑得疯快

它把身子藏起来了
呼呼声全是翅膀

你多想拔出土里的脚
但扎入地下的根须

也在土里奔跑——
跑呀跑呀从树干上

又长出一根马尾巴
尾巴里藏着你的力量

你的尾巴不止一根

三根尾巴就是三匹马

跑吧跑吧你跑到
风的呼呼声里做梦

你的根须都是马蹄
梦里你终于追上了风

梦醒时正好有一阵风
轻轻摇晃着这棵马尾松

## 麦地的三月
——致海子

华　清

一群鸟儿倏然飞起
在昌平的孤独，孤独的麦地

并没有人。想象的坟地，周遭一片静寂
悬在空气中的麦子早已落地
墓中的人已熟睡，所惦记的人
也已老去。四姐妹，如今已是广场大妈
在神州各地扭秧歌，或跳健身舞

"你是我的小呀小苹果
怎么爱你都不嫌多……"
死的人是认真的，活着的人却各奔东西
这些年那落满灰尘的房间早已易主
人的记忆也已稀薄如空气

没有人召唤。当他
出现在三月的麦地，一群悲伤的小鸟
正在低空盘旋。它们叽喳不停，跌宕起伏
无视这老迈的闯入者，仿佛在专心致志
高声诵读，那些悲伤的诗句

## 有哪一个春天不是绝处逢生

潘洗尘

酝酿了几个季节的雪
终于下了
雪　覆盖了我的母亲
以及整个
广大的北方

此刻　即便是置身另一个
看似阳光明媚的国度
远隔五十度的温差
我也能感受到
来势汹汹的
彻骨寒意

只有懒惰的人
这时才会说
冬天已经到了
春天还会远吗

但寒冬是自己离开的吗？

谁能告诉我
有哪一个春天
没经历过生与死的搏斗
有哪一个春天不是绝处逢生！

# 红　薯

田　禾

红薯容易种植，山旮旯
也能牵藤长薯。在地上铺上
土杂肥，不下三个月
藤叶就覆盖了地面

红薯永远在泥土内生长
根，深深扎在泥土里
向上向下的力量，使泥土
在隐痛中，红薯一天天膨大

红薯刨过了
地上剩一层灰暗的浮土
一场霜降就要来临
山顶变凉了，在等着起雾

## 备好了椽

侯 马

我们举家迁往邻市
在寒冷的冬夜摸黑出发
我只记得马车上堆着
高高的椽
只记得母亲因为她比其他人
对椽表现出更强烈的拥有态度
这打算盖房的一车椽
取缔了其余全部家当
父母从一地搬往另一地
仍要寻找存放的地点
但不会找到盖房的地方
这车椽
后来一定庇护了另外某些人
但我也感谢
我们家四海为家的命运

## 了不起的图钉

大 卫

落日悬浮在河水上面
风吹过来的时候
落日上下浮动,水面也在
上下浮动
仿佛一个红脸的汉子
在丝绸上做着俯卧撑

落日下沉的时候
又会轻轻地
把自己往上提一提
它与河水保持着
比地平线略宽的距离

其实落日,根本就没有动
是你的心
在胸腔的悬崖上
做着俯冲

落日,一直蹲在那里
流云四处走动
晚星升起之前
落日才是了不起的图钉
是它,一把摁住了
欲坠未坠的天空……

# 斑 马

宋晓杰

"它受困于自己光亮的围栏,
活在由不被理解的自由所造的飞驰的
牢笼里……"
——条码明晰,如炮烙
有迁徙、讨伐之苦!
自身的辎重,就是紧身衣

有人说:幸福,取决于水桶的最短板
止不住流水,当然也挡不住风声
划弧,如滑雪运动员
巧妙地绕过阻障,身轻如燕

线性的秩序,是生命的护栏
——凡长久的,均有限制
它一生下来,就企图摆脱约束
但激情只是小风波
黑白如爱憎,永远无法趋近
只有不易察觉的小小倾动

## 未来有一天

李 南

巴赫永恒,李白也不会消失
在未来的日子里
未来一定会有人审判我
点燃火湖和硫黄——但不是你们
未来一定有人重新将我阅读
从沉默的中心抽出新枝。
那时蛀虫不再啃噬粮食和木材
智能化生活控制了城市
那时我已痴呆,在秋风中哆嗦
或许早已被人们忘记
并不是我提前吞下了死亡的解药
有意在时间中停留
而是恰巧——我保存了上个世纪
最黑暗的记忆

## 在我乌黑发亮的记忆里

蔡天新

在我乌黑发亮的记忆里
你的眼睛是蓝色的
一头披散的金发下面
是乏味空洞的生活

你来自南卡罗来纳
因为缪斯女神的召唤
挣脱了家庭的阻力
渡过了波涛汹涌的大海

春风轻佻的许诺
仿佛适才绽放的花朵
未积一丝尘土、微言
或者蜜蜂残留的唇印

在我乌黑发亮的记忆里
你是山腰上的湖泊
倒映出雪峰的英姿
有一颗从未扭曲的心灵

## 爱琴海的缪斯
——给萨福

盛华厚

一只发情受伤的海鸥从黑夜飞到黄昏
缪斯的爱琴海只适用于埋葬殉情的人
"得不到!"你在整个古希腊自言自语
茫茫人海谁会因为爱而将你苦苦追寻?

不要以为牵手就是"海枯石烂,春暖花开"
在爱琴海拍几张婚纱照就是找到了真爱!
当爱情变成亲情,初见的窒息变成打鼾声
玫瑰变成酱油,面对那个人再也没了冲动

帮忙拍照的路人,抛向大海的石片
有些缘分一旦错过就终生无法相见
没有经历诀别的人不会真正懂得珍惜
"在一起!"你望着大海说出爱的秘密

"你就是美,你的年龄最适合风流享乐
你的魅力是袭击我的伏兵。"我听到
萨福在海底用诗句对法翁低吟,而我则
日夜站在爱琴海边做一个劝说殉情者的人

# 月光恋

卡 西

此刻我的肉体在万物怀抱里依次打开
山谷,溪流,森林,旷野
萤火虫一样迅疾闪过
这些不死的词
在黑夜深处醒来,注定不再逃避尘世的风眼

山光水色充溢着五彩缤纷的气息
像一杯梦幻之水
偏离了海湾
隐身的炙热,每一片灰烬都是真理
给横七竖八的影子痛快一击
纤柔的叶脉沾满露珠
这黎明的经血,预告不可知的天象即将来临

白花花的光躺在长长的斜坡上
恍若天使近在咫尺
不断生长的感官,径直从森林探出
反复循环的风拱手呢喃
"你若赐我一片水域,我便许你整个星空"

## 祷告者

马文秀

疲惫逃出体外,在夜色下咳嗽
虚脱的体形像极了孤独的孩子,一步比一步浅
此时,谁还会记起那个隐于字里行间的祷告者?
穿透手帕的血液,张牙舞爪,似乎在宣告一场战争的
开始
整装待发的五脏六腑开始窥探,搜寻,回望
月色下潜伏的器官比寻常更加团结,对抗这一声比一
声重的咳嗽
似乎此时多余的殷勤能换来片刻的安心
他们任性,苦恼,反复试探
在祷告者的体内展开一场场激烈的讨论
仿佛要合力托起祷告者的灵魂

祷告者窜出体外的声音
惊醒了寂寞的星空,它一睁眼便撞见了东方羞涩的红
宛若情人的脸,一眼便听到信封里未说出的情话
在秋天开始沉静,那些手掌中拂过的叶子,正在低落
一片片,不断变换姿态。就像一位祷告者
走过的路,说过的话,甚至身体躬行处微微的颤抖
像极了远在家乡的父母,为那些背井离乡的
孩子祈祷,祈祷
将多余的声音遗留在梦中
不要轻易做一位祷告者,就算春天再过于缤纷
悄悄将这一刻,停放在足下

# 迎新年

况 璃

我是季节的狩猎人
在年末的一端,猎获
一年的光景
好似写满文字的纸张
将箴言隐藏在字句里
翻过的每一页都是一道风景
一个真理
分装在光阴跃过的内心

而年初的另一端
我的步履已在朝阳的洒落处起步
在四季的原野驰骋
将岁月踏出记忆,踏成光景
再挽住初升的朝霞
在季节的轮回处
阅读一个不知名的未来
将刻意让岁月见证

我是季节的狩猎人
曾在四季的拐角处放牧光阴

随意扬鞭,就将日子赶进新年
一年的光景就塞进了档案

## 一棵树的命运

刘 剑

门洞大开　梧桐树的手指冰凉
一把钢锯在锯着树冠下的年轮
一只蜥蜴在树叶的背后咀嚼智齿
地下深埋着磐石
挖掘机日夜不停地工作
在我头顶的横梁上。珠宝和古董
被白蚁的帝国收藏

如果仲夏的暴雨将高耸的树冠压弯
我愿将所有的雨水收集
让树代替天空，代替乌云，甚至让它们代替雷暴

我不会说出树的年轮。至少树比人的境遇要好一些
它永远不会说出曾经遭遇的痛苦
甚至连想也不会想
有时候人的感叹还不及一块苍白而
斑驳的树皮
感叹无用。祈祷也不见得有用

我们虽与树一样深深根植于土地
但内核千差万别。一棵树的核心
是人类永远无法想象的
奇迹往往就在松鼠们的快乐中体现

人们好奇。我真的很庆幸还会有那么一份好奇
这是我不会放弃希望的唯一理由

## 月亮走在无人的街道

南 鸥

月亮走在无人的街道
时间身披蓑衣,被月亮移到郊外
屋顶被涂上一层厚厚的普蓝
原来我的家乡,冥冥之中被篡改
月光依然白得发响,而我
只剩下黄昏的异乡

我告慰自己,身披黄昏
就是把肉身安放,就是让漫天星星
提前睁开蓝色的眼睛。我知道
每一阵风,都藏着神的居所
我内心的动词,正慢慢变成
安静的名词

## 春中茶园作

慕 白

茶的生与死,只在一场春雪
满目春山尽白头,人走就凉
春寒胜于人祸,只有沸腾的水知晓
茶香来自苦寒,活着不易
被折戟,被杀青,被揉捻

被发酵,被烘烤,被赴汤,被蹈火
遍尝人间滋味,茶出身于农家
性苦寒,功效止渴、明目、益思
消炎解毒。死是一件自然的事

茶的一生,总是无法为自己除烦去腻
驱困轻身。在这春天里
雪地江山如画,只有这小小的草木
灵魂中长满不为人知的悲伤

吃茶去吧。群山之巅,人心为峰
草木之心,一岁一枯荣
蚯蚓在地底用柔软的身躯耕耘
而世界空旷,虫鸣闪烁其上

## 断章取义（节选）

柏常青

1
一个老吸尘器，终究累死在帝都
天空，蓝得像昏厥过去的太平洋
也像不含黑色素的脸庞和蜡笔房
吃完了中成药，可以再观察一天

4
假装睡觉的人，幻想还有救的人
在八成以上。报纸上的文字细菌
贩卖到学校，花花草草病入膏肓
围墙还在修筑，请体验迷宫游戏

12
飞机在嘉峪关机场落地的一刹那
我不可能，在一种减速中停下来
等翅膀在停机坪上完全静止不动
我发现已经飞越了故乡的祭祀地

20
会在未知的远方坦然相遇、离别
血液把火焰从心脏带到十个指尖
漆黑之夜摸索到圣经、羊和野花
但总是两手空空，一生一无所有

诺日朗，隆冬的诺日朗
谁会相信柔弱的流水
也能顶天立地

## 诺日朗冰瀑

牛　放

这是一条站立的河流
无疑是白马人守护的宣言
然而，你终究在冬日的阳光下失语
一泻千里的气势
怎可以因为寒冷而一言不发
诺日朗，你还是水吗

我不赞美沉默
正如我不赞美萎缩
即使是空前绝后的创意
即使是一发千钧的定格
我也不会赞美

春暖花开的时候
我并没有看见你的傲骨
你伶俐善变的温柔
空有一腔破竹的气势

随着寒冬的凝重
你益发地沉默
然而你的意志
却分明站立在悬崖
晶莹剔透的追求坚定而绝不随波逐流

## 贫穷的爱

沙 克

早晨,一张纸来了,慢慢出现心脏
在一张纸上谈恋爱。一张纸的反面来了
慢慢出现情感,在一张纸的反面生活一辈子
三叶草来了,绿化,肥土,做牧草蔬菜
蜂和蝶喜欢它来得容易的茂盛
如果你们把这叫作贫穷我愿意承受

中午,一片意杨林来到河边
画眉鸟、啄木鸟、黄鹂和知了都在林中唱歌
远近没有鸟巢提供喜悦的理由
天性乐观。落叶也是天性,无意于枝条的挽留
蚂蚁在孔穴的外围搬运时间
如果你们把这叫作贫穷我愿意参与

晚上,在睡眠中取出原生的梦
在飞行中取出翅膀
在无条件的爱中取出一个爱人给予爱她的契约
不是文字,不是声音,不是手势
爱就爱她不讲理只讲爱的剥离附加值的爱
如果你们把这叫作贫穷我愿意守持

一泓流水来了,慢慢出现身体
沐浴,受洗,过河,把一张纸的两面湿透
罩住落日,在她的良宵亮起灯笼,我身在其中

# 短　章

欧阳白

### 1　蜻蜓立水
蜻蜓立于水上
波纹一个圈一个圈，荡开
水沉默已久的心思和记忆

蜻蜓说，我在产卵
给你留下种子，终归一日，要脱水飞起

### 2　二胡
袁家岭南侧的地下通道里
一个盲人在使劲拉二胡
没有拉出两汪泉水印出的月亮
一丝丝往外拉的

是他半辈子无法吐出的苦水

### 3　大和尚
他看见石头里有一尊化玉的菩萨
看见河流里有失足的罗汉
看见木鱼头顶有开悟的痕迹

他看见镜子里有一个俗汉
俗汉心里有一群性感的女人

# 关于舌头

**王黎明**

舌头不可代替。但可以描述:
就像灵魂,确实有舌头的形状

舌头终究不归嘴巴管辖

牙齿是假的。舌头必须是真的
手脚是多余的。假肢必须是真的

多少话语——在日出时说出
在黑夜里沉默

多少欲念——发乎于心止于唇齿
舌头也会在梦中胡言乱语

舌头总是在清醒时哑口无言

## 石头和水

绿音(美国)

这个冬天
石头们忧郁不语

当水结成了冰
忧郁薄而透明,它反射阳光
而阳光不忧郁
它在冰上舞蹈,并用一道彩虹
打开了春天的门

让石头说话的,是水
让石头飞翔的
也一定是水
一块石头和水之间
可能有千山万壑
也可能只隔着
薄薄的空气

可能是
一个呼吸的距离

# 星星坡哀歌（节选）

谭　畅

1　平静

头不疼了，除非低下来
一条冬眠的蛇发出均匀鼾声
冰凉的身体盘坐着
假装世界若无其事
一切都未曾发生
腹中的大象还能回到草坪
海水龃龉着退下沙滩
失踪的名字一个个抹去
假装胶卷从未曝光
石膏像在风雨夜摔倒摔碎
星星在夜空雪白地亮着
和解的光芒铺满大地
剥了一半皮的残疾羔羊
你不要用眼睛看我


3　雪茄

七个小时的回忆涂掉整座城
灰烬和灰霾像热烘烘的皮草
捆绑一颗几乎散架的心
装满弹药的石榴籽
勉强凑出一个圆满
裂开的都是伤口
吞吐忽明忽暗的引信

无数个狠狠掐掉的念头
渡炼成一点点火星
刚亮起又熄灭了

## 一株自杀的风信子

杨 康

粉红加深，就变成一种负担
芳香浓缩并不是一件好事
我养的一株风信子，竟然
因为无法承受自身的鲜艳和芬芳
在我外出的时间里
自己拦腰折断。我回家
它早已经完成了从美到死亡的跨越
静静地躺在书桌上
我的耳朵里，回荡着它折断时的声响
我想，整个世界在那一瞬间
是不是也为之剧烈地晃动了下
包括，我那颗并不坚强的心

## 天衣无缝

**马志刚**

有一天,我弯下腰来
和一个蚂蚁对视
我俩都张大了嘴巴要与天地对话

它捋了捋头上的避雷针
环顾了一下四周
又哑然离去

蚂蚁融入队列里如此整齐
就像俗世把一个人锻造得天衣无缝
它的步伐如此轻盈
在世间不留有灰尘

## 反 差

阿 毛

下雪了
下得很大

朋友圈晒的图
似人间仙境

我不禁受惑
外出赏雪

禅寺的雪很白
梅很香

而时代广场的人太多
雪太脏

## 空 惘

**起 伦**

辽阔这个词我已彻底弃用
我一生追求的大气象,不再与我沾边
愚顽的中年,被虚光占领
明白这一点不算太晚,也无须太难为情
生而为人,能将人做好殊非易事
不像门前这条河

携带全部秋光,永不知疲倦地奔向远方
我需要驻足,需要停下来小憩或枯坐
此刻,我将目光
从书架上那对彬彬有礼的法国红酒移向

餐桌角落里那坛快要见底的家酿米酒
心里突然蹦出一个词:空惘
一种微醺的愉悦和快感将自己裹紧
是啊,空惘!多结实的一个词
不就是浏阳河边这套老旧的住房?
虽不那么宽畅,也足够
安置一个人余生的散淡和内心的悠远……

## 她开门的声音,让我的世界摇晃了几下

王立世

至今,我也没有弄清
女人是镜子,还是天空
是小桥,还是流水
是草木,还是石头
是月亮,还是影子
但我能感到,女人
使我的日子越来越明媚
使我的内心越来越辽阔
她开门的声音,让我的世界
摇晃了几下,她打开窗户时
久违的阳光乘虚而入,她开灯时
黑暗不辞而别,她晾衣服时
我才想到这个世界为什么如此洁净
她削苹果时,我才想到国泰民安
没有她,我会不知所终

# 空　山

**赵目珍**

空前，绝后
梦中的空山离此不远
那人间少见的空灵，虚幻如神话中的山谷
而你，不过天外一来客

云绕开了雨
花朵像沉睡中的灵雀，一会儿开在这里，一会儿开
在那里
动物们正在聚集，或者离去
空谷里回荡着迷人梵音

这里是梦中最美的群山
空空荡荡的群山。所有的行迹都已掩埋
夕照亦步亦趋
风，消逝于泉边

## 路　口

**雪　鹰**

往往在深夜
在梦的边缘
甚至没有路的炎凉之地
你看到一个个路口
上北下南左西右东
或者，干脆就地坐下
数数星星，望望月亮
最难得，十八里相送
哪怕一步一回头
前面还是通往天黑的路
索性走进神话
走进弯弯曲曲的心里吧
看长亭短亭，飞舞着
西去的蝴蝶
东南的孔雀

## 我为什么是诗人

林江合

我想写小说
太累
于是停下笔

后来
我想写散文
没意思
于是扔掉纸

再后来
诗歌与我
一拍即合

并且
它最省事

于是我成了诗人

## 翅膀向天空投递名片

刘少柏

梨花独居的花园　凄冷
雪的绽放　流出骨头
白色的火焰透视词的指令
诗与雪的拥抱空无所有
想象之羽　让死亡生长丰满
流出十字架上褒奖的水
灵魂与伤口飘入金色的琴声
还愿的琴声
向着圣灯　向着祈颂的天空投递名片
飞升的翅膀拥有水和天空
以及夜对稀疏星辰之恋

# 甘南记（节选）

黄恩鹏

## 伽蓝

金泽拒绝腐蚀。圣佛感受着尘世的疼痛。他们居山坡之上，手握佛珠念经。阳光里有麋鹿踏丝绸奔跑，蹄声似草尖撩拨草尖。清寂的天空，脚印叠着脚印。眺望孤独的大地，一步三叩的人，把自己栽种进时间的土壤。我听见石头与石头相撞，发出了鸟鸣的声音。双手合十，泪水漫过了悲悯的指缝。大地溪流闪亮，八瓣格桑盛开。盲窗前有人晾晒经书。泥土的味道，故乡的方向。以仁慈的手拥握光芒的人，以善美的梦想行路的人，以及煨桑的老人，撒龙达的汉子，他们都是大地佛灵。时光隐喻为暗红的诗句。远天之上，一只鹰停留，一只鹰远走。一头白牦牛驮着一座雪山念经。寺铃响了，我从低处走向高处

## 格桑梅朵

一切都被她们拒之门外。唯有花瓣、花蕾、花蕊、花柄。石头的锐硬和草叶的柔软，以及细小的虫豸，全不在意。格桑梅朵，她们放弃躲避，不提防牛羊踩踏，一门儿心思修炼。一朵花儿盛开的时间，就是一位圣佛修成正果的过程。我听见了花的教诲。我每念一句唵嘛呢叭咪吽，花香就浓郁一些。格桑梅朵，月光满满，满满月光。满满月光里我们一起打坐、念经

**当周草原**

一千匹骏马驾云驰奔。两千个汉子欢跳锅庄。三千朵篝火三千块金子。五千碗青稞酒五千顶帐篷。十万片龙达十万喇嘛念经。冰雪撒落超度亡灵。白牦牛驮着月光宝石,酥油灯燃亮了白天夜晚。台上演着藏戏的汉子、台下背火枪的牧人,经幡下有着石头般的背影。我突然看见了从前无数个自己在草原深处走着。我与金露梅银露梅紫花苜蓿芨芨草冷蒿马鞭草一起卑微地活着。我是当周草原的一只黑山羊,披着花香的长氅戴着清风的帽子,沿着纯净的溪边行走。我要和草滩千万只小虫豸一起,从一扇门进入另一扇门,向着暮色朝圣

## 跟着父亲上山

胡建文

听说父亲在地里种了很多树苗
我特地回家一趟
欣赏父亲的劳动成果

一路上都可以看到坟墓
父亲——给我指点
说这是谁,那又是谁
这些人我都见过,有的还很熟悉
我平静地听着
在心里跟他们默默地打着招呼
就像他们还活着
只是换了一个地方相见

八十岁的父亲,带着我
走遍了我们家的每一块自留地
并一再叮嘱我,不要忘了这些土地
父亲跟我说这些的时候
非常认真
仿佛是在进行一个庄严的交接仪式

二月

## 疯安德烈对我说

童 蔚

老式的绿皮火车在
时间轴上摇摇晃晃，
血管末梢一样红透的瘢痕在窗外燃烧，
加州火山穿越了光带上的咖啡馆，
萤火虫环绕墓地，讴歌，
这是贩卖血橙的季节
火光的边缘——暗红色花瓣随日历一片片化为乌有
疯安德烈看了看注水的手表
逆时针的时间在表盘里循环
"这也是一段路程吧！"

# 致女儿

姚　风

女儿越长越大
世界上流氓越来越多

一年前,你送给我的生日礼物
是一瓶子蓝色的星星
它们从夜空来到我们的手指间闪耀
但你早晚会知道
它们也是心碎的声音

还是那句烂俗的话:走你喜欢走的路吧
但不要让路走你,比路更重要的
是你要找到合脚的鞋子
我会时刻弯下腰
帮你抖落你鞋中的沙粒

大雨过后,你就要独自走向前方
你说,天空中的那朵云或许才是终点
那我会像天空那样,辽阔地
跟随那朵云
看着你长出翅膀

# 旷 野

梅 尔

那是一支箭要去的地方
遭遇钻石的地方
是马蹄　从钉子的心脏
到珊瑚的光芒
飞鸟奄奄一息
摩西的四十年　坚定交织着惆怅

那是海消失的地方　从荆棘里
长出蜂蜜
从拐杖里长出盐
从石头里长出信仰
悖逆的昆虫
寻找微弱的光亮
旷野　一条长啸的河流
从受伤的马背上滚过

那是善良的鹿哀哭的地方
一只走投无路的獭　把螃蟹的钳
断在柳条上　一个郁郁葱葱的春天
从灰色的尸体上再次发芽

# 梦想国

吴昕孺

这是一个梦想的国度。有着
不一样的明月
由刀光和青铜冶炼而成
打开夜晚那座乡愁的仓库
诗人,这唯一而又不称职的搬运工
在漆黑中,迷恋汉语
雪白的锁骨

这个国家的广大,正好
吻合梦想的边界
它将世界的车轴换作春秋的轮辐
追捕唐、宋这一对
逃逸的恋人。从早晨
贯穿黄昏的华美,被裁剪成
浩荡的衣裙

你看那碧水之上翩翩的红蜻蜓
无声无息。不知何来,不知何去
既飞翔,又停伫
它头顶那不易察觉的颜色
可与绚丽的晚霞、飘扬的旗帜

媲美,却永远浓缩着一小团寂静

## 写给康德

李东海

你步调一致地行走在户外
用瘦小的身材
去作了柯尼斯堡的风景
天空有风
沙沙地吹过
你稠密的哲思
像鸽子一样飞落
于是　你用羽毛
就把人类的本质
入木三分地写成
一个个跳跃的文字和句式
写成了风吹不倒的墙橹
人类从此
才开始做第一次真正的远航
像欧罗巴德意志这些生硬的语言
从此才在我们祖先的坟头上
叮当作响

康德
你是踏着时针写作　进餐
然后散步　把哲学
用大大小小的问号
和批判之类的语言
写得金光灿灿

用王的智慧　把我们照耀
当黑格尔望着你的胡须
用手抚摸着被你揭穿的文字
都辗转反侧彻夜难眠

然而你的正传
却简洁如尺
一米五四　享年八十　终生未娶
可谁能想到
我们后来几百年的历史
都是按部就班地行走在你
规划的大道
我真怀疑　你洞见我们
是借助了语言
或比语言更锐利的武器
当然　你散步的过程
也是超越我们
和望穿我们的方式
特别是你不卑不亢的腰脊
总是正确地支撑着遥望我们的支点
这让我们敬佩不已
后来　你像只狐狸
大胆地说话　谨慎地做人

游刃般地游弋在
哥特式的城堡

# 风中听竹叫

曹 谁

我经常从那丛老竹下路过
每次都能听到竹子在叫
只是不知道他在说什么
今天我从竹旁路过
坐在竹子下听竹叫
一扇古老的门吱呀打开
我听到撕心裂肺的呜咽
我见到痛不欲生的少年
竹子节节生长
骨头节节拔断
他在疼痛中呜咽
我听到风烛残年的老人
我听到风雨飘摇的帝国
我听到风中飘逝的誓言
我听到风吹云散的爱恋
人生总是疼痛多过幸福
我坐在竹子下听竹叫
再也不忍心听下去
我起身在风中离去
推开吱呀的门走出
吱扭绞动的齿轮在慢慢地前进
在时光的轮子中我们无法逃避
我慌忙快步逃走
耳边一直响着吱扭的声音

## 幽深山谷

李建军

再深一些
就看不见天空了
下一千场雨
才能创造这么猛烈的瀑布
就像新资本定律
在流动与冲撞中产生
层林在播放一部连续剧
不断变幻着炫丽的画卷
这幽谷深处布满着——
群鸟飞临之前的宁静
仿佛意犹未尽、卷土重来的落日
峰峦是受囚禁的头颅
一飞翔，即具有火炬的意义
指点脚下的河流
让山谷开拓得越来越宽阔
像一把巨斧的反光
容得下风暴、旋涡、琴弦
容得下江海洪波

## 我和树木是一样的人

谢小灵

她们玩着泥巴,洗洗手就干净了
她们做错了算术题,改个数字答案又正确了
那两个相好的人
有一方,被另一方说成做错了
谁主动去抱一下对方
他们四目相对,像一枚公章,盯着下属呈上来的报告
可能他们一时,又感到离不开对方

你做过噩梦,醒醒,眼泪就干了
总是这样,你没起床,恶魔已经走开
就连,醒着和睡去、天堂和地狱
也经由一念得转化
长椅上那个人,对着一株桃树坐下
没有什么东西可以慢一点
没有什么可以长生不老
你可以号啕大哭
也可以祝福一个一个扭住桃树不放的青桃
譬如,从桃红到柳绿,直到果实洒落一地
阿廖沙还没有对生活皱起眉头

## 冒白烟的黑姑娘

陈雨吟

数学打破了肌体的孤寂
一手挑着诙谐的灯
另一手抹去橡皮印遗留的基因

厚重外套　干枯并浸染蜜蜡的发丝
唾液的消化酶吞噬着指甲缝隙的鲜美
黑红的面颊　以及
头上的袅袅白烟
显得如此习惯、自然

闹铃用美声的口吻　敲打现实
抛弃经验主义残酷的真相
离第一次见面不到二十三个小时

刚结痂的痘印抹上了过期的酸奶面膜
细菌爬上了眼角　倒挂在睫毛膏的笑纹
香皂　试图掩埋令人烦闷的体味

窗台角落的蜘蛛网　传染着
卧室凌乱的天鹅绒　忧伤地发酵

稍加美白　磨皮外加修饰的照片
重复练习温顺、柔美，及淑女走路的步伐
见面，准备妥帖

## 爱之无题

度母洛妃(中国香港)

云雨后的两个城市
距离就远了
思念的长度
是否经得起岁月的穿梭
感觉不是一种形式,而是花的生命
有了爱就越过既定的城墙
风风火火
那些湿润的文字,挡都挡不住
它不停地推着我去爱你
你从来不知道,那次
我是怎样离开
那种走进一个人心底蜗居的隐痛和美满
竟然依赖这短暂的拥有
一生或一世即将耗完
不要跟他们一样用一个轻度的赞美
概括一个恋者所有的眼泪
爱到了尽头总要拐个弯
以另一种方式呈现我和你独有的温暖
甚至只是默许
这样的世界
这样的你我

## 悖 论

戴潍娜

我希望得到这样一位爱人——
他是温柔的强盗,守法的流氓,耐心的骗子

他的心房是一座开放的墓地
是一床月光,面庞是蘸着白糖的处方
他是我身上沉默的岛屿,是举起的白旗
是我爱过的所有诗句

绝对的爱等同于绝对的真理
以及,真理它狡黠的变形

## 送你,爱的十四行诗

李川李不川

我走时不要你送,你送,我会更孤独
挤在人群里的人没有自己的头

一列高铁划开城市的伤口
疼痛无声,我看见在旷野烤土豆的瘦哥哥

一只忧伤的乌鸦,被人悄悄抹黑
女人哭泣后涂上口红,继续微笑

你用眼神击穿靶心,你没有猎枪
等老虎变成鸽子,等老乌龟变成蜜蜂

若世界上的花蕾都不在季节里绽放
香没有答案,等流浪的风吹开自己深藏的故事

若跌入爱情的陷阱,希望你凌迟我的灵魂
每天早晨一刀,黄昏一刀

让我告诉你,在时空里永恒的爱
能背起十字架上路的人都不是肉体强大

## 大地的眼泪

罗　晖

这个世界有美丽　有精彩
也有满目疮痍　乌烟瘴气
在鲜花盛开之后
如果不节制
喧闹及灾难会四处蔓延
山林枯萎　寸草不生
就会像个病人
回归大地

亭台楼阁　也会迷惑人心
她的美有时是带血的
毒会从田间蒸腾而出
危险莫过于　人们仍漠不关心
缺乏伤肤之痛
卸下妆
你又会看到时代的雾霾
她白得可爱
像个娇美妩媚的少女
让人生不如死
慢慢把大地掏空

敲敲警钟吧
赶快收起狼藉的杯盘
把绿色请回山庄

厮守这一份故土
慢慢拉长时光
用大地的眼泪
清洗这个世界

## 让蛇存在

韩敬源

距离我最近一次见到蛇
已经过去了整整两年
她留在了路上
被驶过的车辆压进了地面
她只是一条小蛇
而我依然不敢
从她头部前的路面
迈腿走过
有一堆语言
像头皮屑一样
密密麻麻地汇聚
中间隔了两茬桃花

## 在早班地铁里假寐

**刘傲夫**

昨晚跑出去玩的魂儿
一个个回来了
它们在你的身体里
重新集合
你闭上眼睛
它们也开始休息

## 隔世的光

唐德亮

从一簇火开始。我像一只红狐
闯进夜的领地。死死攥紧
黎明的胎衣。突破：神的预言

远山的姑娘衔草尖向我走来
将天空唱低，将大山唱高
我与一树桃花擦肩而过
彼此的回眸　闪烁
隔世的幽光

## 最美的人间图画

梁潇霏

两朵小棉花,在太阳下绽放——
纯洁,温暖
如此的微笑,不会来自傲慢的国度
甚至不会是在高度文明的地区

粉格子男孩推着破旧自行车,腾出右手
用中指和食指做出胜利的符号
后座上的女孩腼腆,但同样扬起手臂
他们笑起来,都有好看的月牙眼

如同神赐,或来自天上
两个孩子,对我,陌生的中国游客
笑了将近十秒钟
只为配合我的拍照

久违了!抑或我不曾遇到过
今天,在波尔布特罪恶馆外
我看到一幅最美的人间图画
我更愿意称呼他们是——高棉的微笑

## 落雪的南疆

绿　野

大雪铺白的南疆
我站在阔尕西艾日克村
这个陌名的小村口
目及之处，草木荒摇

一声戛然的长鸣，一叶凌空的翎羽
排成一字或人字形的雁阵
它们于春天的领空巡游

大地之上，寥寥浮荡的人间烟火
天空之城，浮云扫过的幻化图景
生命的组合竟如缕薄轻

我踩在乡村的雪地
真的担心留不下一丝足迹

## 核桃林

王　琪

人世轻薄
浮光再一次穿越了
平利城以远的那片核桃林
但回望它的人呢
眷顾它的人呢

秋天不明不白
灰色至此。一起翻转时光的芒草
在忘川之上传递沉默
叶片挑动曦光
引来大片呼吸和轻舞

像大地的颂词
像寥廓之外，秋的絮语

在吐纳疾风、闪电和时日
望不到边际的墨绿色
站满一个人前世古老的忧伤

## 苍凉之河

瓦 刀

我始终相信,会有一个人
从我怀中取走这条河流
我不得不扑下身子,以水的特质
流向人间低处
一条大河被我越抱越紧
直到抱成了涓涓细流
滚滚波涛还剩几朵浪花飞溅
我等的人不来,我就不能
放走这一条苍凉之河
更不会对任何人言及
我到底替谁守着这残余的水分

# 岛　屿

育　邦

这么多年来
我终于如愿以偿
萎缩成一座小小的岛屿
在浩瀚的人世间
漂来漂去

那些门
打开过，又关上
只有穿堂风
反复证明生活中荒谬的方程式

我在高处居住
离水依然很近
大海如此公正
我所痛饮的正是无常的潮汐
和海水般的月光

## 城市鸟巢

王长征

一个个孤独的鸟屋
架在冬日荒凉的枝丫上
故乡的风追着鸟羽来到城市
随之而来的还有鸟背上的云朵
以及尘满面鬓满霜讨生活的乡亲
寒夜让他们多了共同的话语

漫长的季节久久沉默
两片遮风挡雨的枝杈
顽强地扎下飘摇的根须
从此,时令节气与土地毫不相干
只有特殊节日才显现一些虚浮的繁华
家再也不是固定的寓所
成了潮水中飘荡的小舟

当繁华落尽暴露出光秃秃的本质
鸟巢犹如一盏没有隐私熄灭的灯
不得不舍弃那个温暖的小窝
去马路对面的树上重新筑巢
待春风吹来草木欣荣
它们又开始编织新的向往

我停下匆忙的脚步
想爬上树

去拥抱这些陌生的乡亲
和它们聊一聊盛开的梨花和成熟的麦子
甚至想躺进鸟屋
嗅一嗅那令人熏熏欲醉泛着潮气的树枝
好好感受片刻的宁静和温馨

## 黑夜从远方而来

苏笑嫣

黑夜从远方而来　秘而不宣
下弦月　那银铸的耳坠　碰敲玻璃大厦
光点四溅
星辰　与零落的露水

灯光有着流水的姿态　赤脚在街道上
跑来跑去　白天的网又一次收捞走
账目　策划　骗局　争吵　和花言巧语
声音在马路上寂寞地消逝
世界和风　在延长各自的命运

我躺着　毫无困意　黑夜酿造了太多
而冥思又一次提纯了苦味
——夜的巨大根部从中蔓延生长
隐匿的事物出现　猝然不可阻挡
所有因果的总和　说着大片嘈杂
而无声的话语　又如此空阔

在十六楼　背靠深渊的房间　我躺在悬崖边
努力把自己分裂成一个个梦
天空的河流　转动的游荡的夜　浸湿的星子
眼睛般注视着　那微小而又无穷无尽的温柔
当你在最恐惧最寒冷的顶峰

## 城市是只妖

卫国强

不同的脸色写着不同的威势
那语调,像炮火
带着呼啸
在城市的旮旮旯旯飞旋
将耳鼓打得生痛

多年了,我才终于发现
这城市就是那只妖
你无法看清它的形象
但,它的法力无处不在
总是让我失措
并迫使我日益变得胆怯、焦虑和清癯

想回我的乡下去
挑起我的货郎担,摇着我的货郎鼓
让满巷的孩子,欢笑着,蹦跳着
追着我,挑拣我货筐里
满满的
纯洁、无忧和远方

## 遇到鲁迅

赵宏兴

蝉是聒噪的
人是孤独的
阳光是炽烈的
却是破碎的
黑色的鸽子，白色的鸽子
蹲在树枝上，一动不动
像树上结出的甜蜜果子

在甬道上一拐弯
猛然看见一个黑色的头像
头发孓立，面孔清癯
这不是鲁迅么，他也在这里

我伫立着凝视着他
鲁迅的头上落着几片黑色的叶子
阳光透过树头杂乱地照在上面
鲁迅的面孔一块黝黑，一块锃亮
和我一样孤独

## 饮茶的人

陈伟平

光线照过来时
他看了看杯中的影子
又看了看远处山林

心存茶念的人
喜欢隐藏云雾背后
用骨头挑着花朵
喂养枯枝上滴落的鸟鸣
内心的陡峭
往往会因一只途经的蝴蝶
缓降成清明斜坡

往往会因叶瓣上一颗露珠的微茫
从时间的躯壳里
摇摇晃晃掏出
月光和风声

## 尼玛三章

萱 歌

**1 羌塘之冬**
都说这里是太阳光顾最多的地方,我只看到冬天里
雄鹰也会迷路。雪的脚印上映着棕熊的冬眠

熟悉的眼神叠满山岩,从经书里翻过,一旦重新拾
起江爱藏布的浪花,野牦牛会踩上星光照耀的回忆

**2 当惹雍措**
这里不止有那一万多年风带不走的石头,更有玉本
寺留存过的日月之书,和走向星星的小径。当湖水
被众神一圈圈划开,小村庄的窗口有碧蓝的酥油香
飘过阿佳今晚的暗夜

**3 尼玛白山羊**
你的心也许从未遥想,而你被雕刻出的玉石般晶莹
的柔软,在天上的沙尘中闪烁羌塘高地的阳光,诱
惑了整个世界

从冬季撒满黄金一样的草地上起风,从象雄湖泊洞
开的黄昏回归,羊圈的背面是冰冻的海子,加林山
的岩画上你的歌声从未停歇

## 在初春的蒸水河边，
## 我看到柔情的柳正在穿衣

陈群洲

初春的蒸水河边，我看到柔情的柳正在穿衣
可能我来得太早了。她躲在雾里一丝不挂
尽情摸着自己比风还要柔的身姿
无所顾忌的香，从被雨洗净的身体里溢出
天慢慢放亮。对着蒸水河这面巨大的镜子
她开始弯下软软的腰，不慌不忙
从近乎透明的内衣穿起。一件，一件，一件
一身翠绿的她，很快就出现在
越来越明媚的早晨。这时候河水突然皱起
原来看到这一幕的，除了我
还有一群身份不明的鱼儿

三月

## 在鄂尔多斯草原谒成吉思汗陵

龚学敏

蒙古人长调的树站在草原上哭泣
鹰一脱帽
整个地平线被白马转世的倏忽
画成一条鞭绵长的孤寂

街道的芨芨草用方言描述安达
的鱼
酒被马头琴拉长，女人
把夕阳揉成酥油。川茶
被风钉在夜晚的沥青路上
越哭越淡泊

木讷的沙，挤在一起取暖
黄河一错再错
把面纱搁在一匹马掠过的红柳上
慢慢黎明

众神宫帐的雨季的经匣，保持宽容
飞机虚弱，天然气的草籽一律向上
大地空旷如同刚颂完经的草地

## 边 界

田原（日本）

花开了
人在远方
月圆了
乡愁游荡

树是一把把伞
遮挡着云雨和星光
路是一条条河
水手和船
从家家户户的码头起航

世界是一张平面地图
亚洲到非洲只咫尺之遥
生命是一条地平线
起点在人间
终点在天堂

天空的飞鸟
大海的游鱼
都是自由的使者
只有人类画地为牢
争夺边界

四季是一台电焊机

春天焊接公狗和母狗
夏天焊接人和大海
秋天把果实焊接在枝头
冬天把瀑布焊接在半山腰

语言的尽头无边界
边界之外有语言
无论听懂与否
都不会轻易改变自己的语调

# 等

黄 梵

你想用一生，弄清等的含义——
大树养育叶子，却等着——被秋叶抛弃
镜子让你看清自己，它却只抱住了虚无
曾改变你青春的收音机，现在是抽屉里的植物人

爱情还在古老的檀木梳上，但只剩灰尘用它梳头
那么多的古老思想，还在书架上争抢座次
但思想家，已是夜里跳广场舞的磷火

长城还在，但国界已在远方
佛顶骨还在，但迷途的路
仍在你脚下延伸

房子是孤独的，灰尘终将代替你
夜起查看屋里的响动
洪钟也是孤独的，君临天下的钟声
注定不会回头
手迹是孤独的，写它的人
因为得失，注定不顾它的教诲

如果你明白，只有海浪才有不变的恋情
永远用鼓胀的乳房亲近陆地
岩石才有最深的根须，永远搅动岩浆的情绪
你是否还会继续等？

## 拉卜楞寺的红袈裟

梁尔源

行走的僧侣
披着宽厚的红袈裟
裹走了尘世杂音
吸附着人间的锈色
神秘的殷红
不知过滤了多少红尘俗事

那是草原静脉中蠕动的血色
没有跳跃　冲动　翻腾
在雪山冷藏的虔诚里
积淀着太阳溢出的高原红

裹着佛堂的那卷经书
牵动行走的牛羊
好似草地吐出的经文
一张张高原的脸
那是离神最近的表情

阳光穿透红袈裟
辉映成高原的红玛瑙
我蛰伏在佛的心中

修炼成一只
纹丝不动的昆虫

**在故乡　一切恩仇化为问候**

唐成茂

车水的农人　用脚为九月　车出活水
水车在九月　想得不多
山村的弯拐不多　山村的事情都
直来直去　只要有人　被风抓住
一个村庄都
义无反顾

每个季节都站着孤独
金黄的岁月也会摇摆
熟睡大白兔也有三窟
山菊花有彩云和旷野
大哥曾经为情所困命犯桃花
大嫂站成大哥命中的九月

山坡上的坟头　用马尾草镶上金边
你有祖坟才有故乡
你有乡愁才有老家
在故乡　一切恩仇化为
问候　一切伟大或渺小都交给
溪流

每次回到老家　见到高坎上种玉米的
长辈　他们粗枝大叶地种植
一村的命运　大伯背上背着

国家的前程　二娘手里握着
《周易》《春秋》《离骚》《诗三百》
她把一辈子
交给乡土　幺嫂不涂口红不写网文
她只用农家肥和真诚　涂抹好了
一城人的嘴巴　治好了一城人嘴上的
毛病　她只用镰刀就割下了
时代的病句　她只用走地鸡就能
呼唤良知

## 母亲简历

罗振亚

一岁时她母亲去了天堂
八岁她开始用衣裳清洗村前的小河
十二岁她到草甸放牧猪和云朵
十七岁她成了懵懵懂懂的新娘
十八岁她尝受儿子夭折的滋味
二十到三十五岁她属于五个孩子
照料啼哭饥饿成长与黑夜
三十六到五十六岁她亲近庄稼
玉米饱满谷子沉实黄豆扎手
还有紫色的马铃薯花都很喜欢
五十七岁她进城像进了陌生的荆棘地
除儿子媳妇孙子连楼房也不认识她
没有人叫的名字午后恹恹欲睡
好不容易她能找准东南西北
又遭遇老伴儿的失忆症发作
到了七十二岁孩子们四处忙
她常一个人在花坛边数花苞儿
陪伴太阳和地上自己的影子
日复一日月复一月

## 这个冬天我只负责滴水成冰

陈泰灸

小时候喜欢雾
它比现在的人心和笑容干净
夏天它可以变成露珠
在草叶上躲着太阳滚动
冬天它可以变成雾凇
抱紧杨枝柳条暗恋北风
有雾的季节
诞生过许多误会也成全好多爱情
此刻雾已名不符实
我们只好深挖历史去水下寻找文明
"大似海"以金元文化的名义
展示原始的食物
我无法统计祭网的血性和吃头鱼的任性
今天,我只负责滴水成冰

# 古　井

徐良平

在昌邑
有口古井
是昌邑王刘贺时代的遗存
这口井哺育过
刘贺的万马千军
两千多年过去
刘贺所有的人马
都已无踪无影
只有这口井
还在汨汨流淌出
汉代神韵

## 无字忧伤

蓝 帆

今夜　你没有如约而至
梦　像无序的风　缺少主题
我茫然前行
那箫声缥缈　是你恋我的惆怅

萨尔浒的旗帜　从明清战场飘到现在
努尔哈赤带着后金军四路反击　决一死战
宿命裁决：五天之内　被歼五万
明清大战　清军凯旋
清军以少胜多
明军　兵败如山倒

岁月流逝近四百年
在这里谈情说爱
乃忧马蹄扬起　箭矢飞来
惊鸿一瞥　岂敢睁眼
兵马嘶鸣　号角犹在
血腥涨满河床

在硝烟未尽的战场
历史驻足　今人回望
风花雪月　无字忧伤
抚顺　举起前世的掌故
留下历史的悲怆

## 日复一日

风 言

日复一日,卷刃的涛声经过寂静
目击者封缄了我的嘴
我打开临街的悬窗听风说话
古老的钟摆嘶哑——
这不小心误入人间的词句遮蔽生命

多少人应该去爱,我却选择离开
主啊,我以弑神之心指证你
你却赐予我闪亮的靴子
——走下去,走下去
我听见光芒的钟锤在敲打荒野的脊背

声的追索静止
——幻听藏尽喧嚣而镜中空无一人
至善的仁者,你从我身上取走的
谁将一一带回?
在人世,我只是飞鸟,树,还有白云的囚徒

神秘的催眠让凭吊者走进死亡的街巷
新年被斩首的钟声在痛斥我的过失
主啊,我衣衫褴褛,食不果腹
每夜挑灯执笔
——仿佛那即将伏案招供的罪人
日复一日

# 大　道

黄海兮

秦砖落入巷道
汉瓦落入里弄
杜甫落入秦州
李广落入百姓间
耤河落入渭河
天穹落入秦岭
它们都落入了天水
我于公元二〇一七年
乘高铁
转公共汽车
买三个苹果
和一斤核桃
再吃一碗天水碎面
然后在街上遇见
五百年和八百年的
国槐后
我落入民间

## 落寞的纯净

梁　潮

特别爱干净的小白猫
喜欢哗啦啦的清洗
刷一次牙花一两刻钟
恨不得洗掉每颗葡萄的紫色
所有袜子和内衣
橡木味的红酒那样子摆放
同升旗仪式一起挂在衣柜内
身心上没有丝毫的皱纹
每时每处都打开的每一面
早已扫去看不清的尘缘
一件真正纯净的事
春夏间吻别的茶杯里
柠檬的味觉
轻柔地沉浸在水晶杯底下
留一点儿深宝石红在杯口上
在玻璃圆桌　透明圆心的里边

## 一个人的力量是弱小的

唐　晴

不甘被欺凌
却又无能为力的时候
人们心中
就会有一个侠客
快意恩仇，来去无踪

## 修辞人生

曾若水

他出世的时候
好像是一个夸张
全村的肚子
疼了三天三夜

生活中
他像一个新颖的借喻
本体早已丢失
喻体行世

上班时
他坐在高大上的机关里
像一个熟悉的双关
神采飞扬

关键时刻
他还是一个借代
居然能演绎
割发代首的喜剧

最后的时光
他活着
只是一个象征
日子植物一般地过

## 库　车

**牛红旗**

没有到过库车
就等于没有到过新疆的古代

库车街头，马车多有往来
铁匠铺和汽车都停在路边
而且马看见红灯就会驻足

库车山中有山，城内有城
库车王府第五任王妃守着一间古屋
——这位自古至今最静雅的女人

廊下晒着一笸箩的杏干
我捏一颗尝了尝
酸的甜的苦的辣的味道都有

## 我听到秋天

麦 阁

在一阵雷声中醒来
午夜的惆怅有古老的意味

思绪总是牵着梦一样的昨日往事
知道还有一些
一定已被我忘记……

夜已过最深处
更紧密的沙沙雨声
是否也和我一样——
听到秋天
向着窗户,更靠近了一寸

## 老照片的发现

王 威

民国的那双眼睛
盯着我　温润
且目不转睛
华年飘浮的世纪
焦距在方寸之间
玻璃无法掩盖一片光的内涵
慌乱地躲闪
竟跑不出她的视线
…………
　她为何立在雪色之中
大雪是这般轻柔地飘过
无声无息　岁月是喧嚣的过往
只一百年　仿佛能牵到她精致的手
褪色的旗袍瑟瑟发抖
我猜是人世的洗涤和内心的失落
那段古老的墙伸向虚无
苍白，斑驳
却生动着被你倚成的背景
和前世的前世交相辉映

此刻，你被雪光粉刷着

花容失色
为我留下这绝望的暖心的邂逅

## 傍晚,在清河边

王爱红

傍晚,在清河边
我喜欢开车从这里回家
这里只有绿灯
绿树环绕
但车子开到这里
就禁不住慢了下来
虽然绕道
却好像更近一些
清河的水清了
有野鸭浮在水面上
其间还点缀着几只白鹭
远远望去
竟有一片浩渺
我很想停下车
在河边上走一走
可惜你不在
等哪天我们一起来
就选择这样的一个傍晚
多美呀
因为一条河的原因
我们哪里也不去

## 悼洛夫先生

雁 西

时针停摆,呼吸静止到零
你不想让周围的人听见死亡轰隆的碎裂声
所以选择了凌晨三点二十一分
灰烬,泡沫的寂静
比轰隆的碎裂声更为轰隆
洛夫先生,我能说什么,我能说什么
唯有眼泪,一遍遍漫过长城
流入长江

你早就预言了,不,一定是看见了
总会有这么一天只偶然昂首
向邻居的甬道,我便怔住在清晨,那人以裸体
去背叛死
任一条黑色交流咆哮横过他的脉管
是的,我也是那个怔住的人
不,还有很多很多那个怔住的人
我们都是爱你的人
爱你,才会被你的离去
怔住,并为你献上白色的花
恰如昨天春天的这场大雪
为你写下洋洋洒洒、洁白无瑕的悼词

在台湾佛光山
你给我写下:我们不但拥有诗歌,也希望

诗歌拥有我们
当时我不太明白,我只是轻轻点头
现在明白了,在佛光山我们拥有诗歌
而现在诗歌拥有了你
洛夫先生,现在是诗歌拥有了你
我还能说什么,我还能说什么呢
安息吧,老师!
让火熄灭,不再敲门
大片大片的春天排队到了,我们握到了
真的握到了你诗中的暖意

# 三 月

田晓华

别过短暂的二月,别过风雪的影子
大地上绿野膨胀,寒意
已被春风冲得七零八落
三月的枝头挺拔,鸟翼拍打着枝叶
掀起藏匿树皮里的密语
一溜串春天的歌声就让花朵现身了
白色墙壁是耀眼的镜面
绿色旷野是出色的暖意
河面上,那洒飘的粼粼波映
盎然一派。狗吠汪汪,春风对着
辽阔土地打了个哈欠,油菜花便
开了,绿江南就铺上了金黄
三月里也有凡尘俗事的影子
它悠然地飘忽在各色行路人的脸上

# 与落日书

许 敏

秋阳的悲正在于此,风吹动这些
落叶的乔木、灌木,没有哀悼的气息
万物都在挣扎。你也在说服自己
拒绝走进冰凉的石头与文字
在粗大的篱笆中间,落日以另一种方式
存在,以一种近似神灵的方式
生活,因此安静下来,你内心的
卑微、隐忍、疼痛——荒凉着,孤独着
你已走过金黄的盛年,细碎的光闪烁
风越来越紧,要将这尘世收走
你一个人在秋阳下谛听天籁,飘动满头白发
群山比想象中还瘦,拖着最后的烟尘来见你
舌头下的睡眠加深,河流舒缓宁静
透着优雅,而冰山是一座教堂
在远方矗立,它是世界的一只巨眼
也是你的前世,知晓所有已知事物的命运
一刹那,落日烧红了天际
通红的圆盘,沉沉地坠下去

一直沉到你的心底,钟声撞击
雀鸟四散,你用整个一生都没有找回它们

# 乾清宫

孙　文

历史隔着一堵红墙
被一张小票买通
仿佛进入时空隧道
江山社稷　天下荣衰
历史的沧桑与人世浮沉
都被正大光明地收编
无从知晓这背后隐藏了
多少看不见的手

岁月结了冰
看似清澈实则密不透风
权谋和算计长了翅膀
从不寂寞
历史被任意打扮
那些跪着的人依旧跪着

紫禁城被厚厚的积雪掩盖
三百年前　那棵歪脖子老槐树
已借尸还魂
极目远望　我似乎看见
一个影子在景山的上空
画出一道弧线

# 在一颗尘埃的中心与时光对峙

布木布泰

不拘泥于幻想
其实,我想纵身于火焰深处……
谷粒离开谷穗,然后背叛了荒芜的田野
飞鸟在枝头沉默良久,它颤抖的歌喉放弃了歌唱的欲望
悬挂在山崖的栈桥,徘徊于天上人间,不识清风,也不识烟火
上山与下山的路,不过是一段停滞的时光,无数人前仆后继,以同等长度的时光丈量着
这一切,仍不能阻止一个灵魂突然失重或消隐
落寞地回到人世,在一颗尘埃的中心与时光对峙
麻木和疼痛,是骨头里的泪,只会让黑夜
一半混沌,一半透明
仿佛被时光背叛过一万次。又仿佛,一万次与之一见如故
有一个人,远远地向我微笑,我们隔着一粒尘埃相爱
然后,我们视彼此为亲人
那一瞬间,我亭亭玉立,含羞如花
那一瞬间,我十八岁
我竟突然爱上他的朴素!或许,原本就是为了等这场朴素的浪漫
沉默,是内心的火焰
我会继续向着云朵飞……
继续……在一粒尘埃的中心与时光对峙,等那个人到一百零八岁……

## 为你写诗

**潘宏义**

雪山下夜深了
孤独　宁静
世界已被收编
雪是守候的白发

所有的窗都化成了等待的眸子
把豪情放一放
将野心扔远方
让功名去见鬼
叫天下如浮云

日月星辰　江山社稷
怎敌寒夜的一抹红
燃烧的温暖
下酒
借着月光
研墨
为你写诗

# 在红崖峡谷

王建峰

舍去葛罗槭树,舍去溪谷里的石头和草
水声和树荫都是深绿的
流水有爱意
溪瀑和溪瀑间是不老光阴
水声将我从山外唤来
又唤我赶往深处
林秀溪\*促成了我们的相遇
静谧,明亮
我们不说话,我们不过是沿着小径
捕捉着彼此眼神
光斑是温暖花朵
树丛里一声鸟鸣就是一声呼唤吧
说出来兴许就成了放纵
我最爱你落单在群树外
静如一枚葛罗槭树叶
在红崖峡谷里
悄然挂在枝头,秋风里拂动

---

\* 林秀溪:红崖峡谷溪流名。

## 老屋的柴门

冷先桥

旧历年关
我回到幕阜山腹地老屋
抚摸儿时无数次开关的老旧木门
呜吱的木门上
镌刻着母亲经年的农事
和日子里的辛酸

母亲在尘世的纷杂里
打理出岁月的火花
划亮内心的天堂

麦子返青时　儿时的脚印
在岁月的台阶上
长满青苔
多想在暗香低回的夜
重返童年
把自己的灵魂救赎

一晃数十年
木门上的儿时刻痕
依旧那么清晰

## 赠　内

徐春芳

我和你在一起的日子
月亮也圆了二百四十多回
添了两个儿子，和一个小家
眼前的灯火流淌着迷醉

你的手有着新剥荔枝的温柔
你手上的香气，散发着人间的幸福
耳朵倾听着阳光白花花的呐喊
灵魂的钥匙打开梦想的乐曲

相遇很难，一生的爱更难
记忆的老虎落光了牙齿
走过的路何其蹒跚和修远

月光在我们脸上添了一层釉
那是点燃的憧憬在飞溅——
梅花和白雪落满庭院

## 戊戌年正月十七的黎明

**格　格**

这一年的雨水已入尾声
这个冬春，无雪亦无雨
天还未亮，路边已有马达在轰鸣
倚床回想窗外的月亮
前天的，昨天的
等待一场雪的到来

一阵狂风裹着扬沙
席卷平原，席卷都市
席卷了一场蓄势的雪
那是我们重逢的宿命

月圆了，月残了
由东向西，渐渐又瘦成
一个孤独的背影
我在殿前打坐
诵《般若波罗蜜多心经》
忘记嚣尘
忘记病痛
忘记无雪的冬天

悲欣化雨
是的，那是一场雨

随风潜入夜
雨润百谷生

四 月

## 大象十章(节选)

于 坚

7
风挺着盾牌在泥泞中行走
抵抗的不是敌人而是　秋天之雾
它们希望自己再清楚一些
不仅仅露出短牙
它们不停地在热带雨林中行走
它们的长征是总有一天走出灰色
它们有象牙色的骨骼

8
负着重　迟缓　宏伟但不是自我膨胀
来自洪荒的纪念碑　脏尾巴后面小跑着
亚细亚雨林　这种形而上学令哲学家困惑
他们无法思考这团舞　像什么　大权在握
从不行使　容忍而不施与　贡献一种舞蹈
或陵墓之美　无法亲近　没人能拥抱它
王也不拥抱我们　高大而不是崇高　悲壮
但不是悲剧　白昼下面一个谜在发霉
凝固在时间中的句号　无法再理解　分析
再去开始或终结　牙齿是象征性的
视野接近荷马　在我们永远够不着的地方
它将鼻子伸进河流　带来一种不灭的形式
山峦跟着它长出蹼　朝南方的边缘移动
那儿有阳光与食物　雨量充沛　驯象大师

是一位康德那样的人物　瘦小　自卑
在炎热的天空下穿着短裤

9
它被囚禁在象科　长鼻目
带着它的鼎　荒野和宇宙面具
它得继续面对星夜
巨大的头颅钻进小房子
世界顿时荒芜　生活　散步
假装着战败　失眠
迈向左翼的时候也迈向右翼
旧贵族的生涯无比漫长
境遇无法改变大师的内涵
慈悲总是在创造新边界
它怜悯着动物园　跟着格林尼治时间作息
拖着被浇筑成真理的腿　向马戏团敬礼
它起床的样子就像曼德拉先生
朝霞满天的世界在倒退　弃暗投明
朝着它阴影　它从不攻击栅栏
在流沙上建设着　脏小孩
玩耍落日　让天空落下尘土

## 在丁村

周庆荣

把历史挖出来
也只是一铲子的事
想一想灰尘吧
一生之中我们蒙垢而活
穿越旧时的经验
碰上别人的敲打
编钟发出三千年前的声音

我们以为这样会平静下来
以为能够因此而深不可测
在丁村
我看到先人的头骨
他露齿而笑
被埋没数万年
待重见天日
最大的愿望是
做一回真实的自己

# 远 处

高 兴

一个声音
就能把远处拉近。或者一滴雨
仿佛某种提示:动和静
或者早晨的空茫
你用油菜花和风将它填满
或者桥边的船。等待
风景与风景的对接。梦和灵魂
肯定在飞。而你在走
就在水边,就在田埂上。或者
三清山的峰顶。光躲藏在雾里
融入紫色的基调。那么多游客
涌向同一块石头。你却走开
远离女神和膜拜。或者雨后的
微寒。季节在测试你的温度
或者婺源之夜。所有的星星
都有着一个名字。新茶端上
酒杯举起。一个孤独者醒着
一个幸福者入眠。一个声音
就能将界限抹去

## 自己的血

刘以林

自己的血,从漆黑一团中走来
刺破,征服,染

自己的手和手上的刀一片红色
从不屈服!乌云笼罩和大雨进攻之时
自己的血只是弯曲,像河流
从不减少也不输给敌人

代代英雄沿自己的血上山
爷爷知道,父亲知道,我也知道
自己的血无人可以熄灭

现在没有山峰只有河流
沿自己的血过河
自己的标准就活在自己的血液之中

自己血中最红的一滴就是良知
它产生正义、坚持和理性

有良知的血就是有太阳的晴空
天地四方为它而有闪耀的光明

## 湟水河
——忆35年前青海师范大学文学社成立

甘建华

那么好吧,咱们的诗社就叫湟水河,诗刊也叫《湟水河》

它发源于祁连山南坡包呼图山,流经低海拔的青海东部
一条长龙盘旋374公里,在青甘两省交界处汇入黄河
范长江称之西宁河——养育我们的母亲河

《水经注》误注过它,《汉书·地理志》则确有其名
西汉赵充国在湟水流域设县屯田,兵不血刃,功标麒麟阁
唐朝文成公主经此西行,和亲松赞干布,开启藏汉交往篇章

张承志小说中写过它:在湟水流域,古老的彩陶流成了河
昌耀诗中意象宏阔:白雪铺展在冻结的河湾,有春水之
流状
朱乃正油画以之为题:湟水小渡。此景亦平常,随处可
拾得

而我作为一个地理系学生,却不能忘记,狭长的河湟谷地
集中了青海近60%的人口、52%的耕地和70%以上的工矿
企业
我也不会忘记,暮春时节,西川河滩,白杨树梢的那方
蓝纱巾

那么好吧,咱们的诗社就叫湟水河,诗刊也叫《湟水河》

## 高处的青稞

杨廷成

七月
金黄金黄的阳光下
青稞的子孙们站在高高的山塬上
被浓醇如酒浆的秋风熏醉
它们尽情地歌唱与舞蹈着
欢呼于河湟谷地丰收的季节

这些古老如青铜的物种
从神农氏粗粝的指缝间洒落
沿着刀耕火种的岁月一路走来
是向往太阳的抚摸与温暖吗
把梦肆意地绽放在西域的高地上

早春的冽风中扎根
盛夏的月色里抽穗
金秋的天空下成熟
青稞们把沉甸甸的麦穗深深地垂向土地
是向养育了自己的大地母亲感恩、鞠躬

青稞
站在高处的青稞
是一群群铮铮铁骨的高原男儿
威风凛凛地站成让人仰视的风姿

在海拔三千米以上
以烈酒的品质，绽放生命的奇迹

## 在离天空更近的地方想你

银　莲

四月，天空是阳光下
你手洗的床单
挂在清明的门前
从头到脚滴着水

亲人是你留在人世间
长长久久的牵绊
你舍不得放手的日子
我们替你好好活

鸢尾花一路上山
清音阁的香火
万年寺的钟声
消散在云烟深处

云上听海
你住在海的那一边
妈妈，我在离天空更近
在靠你更近的地方想你

## 福泉过客（节选）

喻子涵

之一
历史是个圈。人人都在画，粗细大小歪正
有些时候不忍细看。但它似乎又是必然，流畅，收拢
有什么样的开头就有什么样的结尾
其实人生的轨迹也是如此。王士俊从平越出场
奔波大半个中国，抛洒完青春壮志到平越收场
于是，那些过程已经不重要，美观圆满不重要
狗屁"福"字奖赏，狗屁貂皮绫绸，狗屁孔雀花翎，
通通扔掉
兴利革弊，锄奸摧贪，忠清干济，以及无数政敌，通
通扔掉
赈济灾贫，捐助公益，千两金万两银一叠清单，通通
扔掉
只剩下"密奏四事"和"大不敬律"留作最后的纪念
从京城离开那天，兴高采烈高调出发
浩荡运回镰刀，锄头，种子和万册古籍，带走
由若干个人生的圈编成的一百五十卷生命之书
回到乡里，山中艳阳高照，在温馨的
"五福"祠堂
负暄耕读，收徒授学，自乐无穷
历史是由若干人生的圈编成的筐，有时
人生欠下历史一个圈，而有时历史又欠下人生一个圈
留下缺憾和债务

王士俊为历史编下一个筐时,也为自己编了一个筐装满,谁都不欠谁的

## 有一些词才刚刚诞生

张春华

老的词
与老的协约　老的城邦一起
早已死在老的字典　或老的古籍里

新的世界
混杂在不同肤色和喉咙的喊杀声中
字母与笔画相互搏击

有一些词才刚刚诞生
根本来不及呐喊和穿戴整齐
便倒在失守的边界

放纵的思绪
一路奔腾　越过海洋　陆地　星空
我终是成了流放的单词

## 出租房

庄 凌

出租房的前面是闹市
后面是烈士陵园
每晚我在里面看书,静坐
睡在活人与死人中间
夜雨敲窗,猫头鹰飞过
我和白色的墙壁互相安慰
如果推开窗子就有魂魄飞进来
我想和他们促膝而谈
如果早上醒来,在街上
就会遇见一位英雄
我会对他说"早安!"
如果什么也不曾发生
午夜时分,我常常去到闹市
独坐在街边,想象自己的体内
有数不清的人鬼在攒动

## 寻人启事

李昀璐

频繁地做梦,走神,提笔忘字
空荡之外还有其他的空
疆域辽阔,伴随雪盲
拥有一双历经失眠的眼睛

世上太多
无人中意的雨季
绵长,无意义
像极了,言多必失的道理

我有无信可拆的绝望
于是一遍遍
在黑暗中的落雨声里
找你的来处和结局

# 扎尕那

龚 璇

漏下云端的光
与我的内心合影。三道石外
藏寨的桃源,青稞的香
次第僭越

转过叠山群峰,东哇的牧羊女
追赶着太阳。更远的地方
拉桑寺,绛紫的袈裟
羞涩着,只与自己说话

石壁、麦架与磨坊
活着寂静的美。记忆的背景中
洛克的眼波,横亘万里
谁,一站千年,叫亮了美丽的名字:扎尕那

## 秋天的树

胡刚毅

秋天的大山深处
每个人都是一棵走动的树,千姿百态
身体内藏一盘盘唱片,一叠叠年轮堆积
谁也看不到摸不着,各自心照不宣
褐色、青色的树皮密封了隐秘
沙尘暴也掀不动它们根须抓牢的忠贞
每棵树都是歌唱家,当爱之唇如唱针
吻上内心的唱片,秋天就来临了
秋果沉沉甸甸、红叶争艳……
一曲曲歌声飞扬起来,山溪般漫溢
高昂的、悠扬的、舒缓的歌传来了
枝条的手臂舞起来了,叶的手
鼓起了掌,因歇不下来
巴掌往往拍红,在悄然而至的秋风中

## 头发都看见了

黄根生

你做坏事的时候
头发都看得一清二楚
它一根一根数着你的恶行
一根一根算着你的危害
你防人防鬼无数
却防不了一直站在你头顶算计的头发

无论你对头发做了什么
它都默声不响
悄悄抗争
头发对你透顶失望的时候
它会变黄，变白
它会掉

你一生最大的对手
一直都如影随身
只因为它一直头顶理想
却扎根你这顽疾的颅壳

# 无　题

马　丽

春季林梢微微摇曳时
你的目光从远处走来
是南国雨后泛亮的叶子吧
轻轻落向我的窗口
在你清澈的眸光里
我宁愿做一叶荡漾的小舟

我宁愿做一叶荡漾的小舟
在你清澈的眸光里
是南国雨后泛亮的叶子吧
春季林梢微微摇曳时
轻轻落向我的窗口

# 另一种美

李荣茂

独自。坐在一棵树下
坐在秋天的深处,和孤独里
流云挨着流云,忧郁抱紧忧郁

草木,湖水,雁阵和落叶
沿着光阴,构成一部浩大的词典
我,不过是一个虚词

起风了。又一枚落叶从枝头
走回到地上,它经过我的时候
我们互相致意,彼此的凋零

## 野猪岭师公的祭语

刘　频

山神啊，在野猪岭上
我和我的子孙一直敬奉你，给你香火，给你干净的神牌
野猪肉我们舍不得吃，把最好的野猪阳具供给你

山神啊，我们再也不允许——
你给坏人长命，给坏人的竹篙挂满了熏肉，给他们
在雪夜里踢门，还给他们五间木楼，木楼里住五个婆娘

山神啊，连我们的猎狗都忍不了，水碾也忍不了
我们再也不允许在神山上，坏人像野猪一样啃光我们
的玉米
再也不允许，那肥滚滚的坏人，学我们的样子敬奉你

## 灵魂没有伴侣

毛惠云

灵魂没有伴侣
那轻盈的飞翔
不能负重
也不能停下来
谈笑风生

那易碎的羽翼
告别欲望的躯壳
变得干净而透明
比水还清的看不见
甚至灵魂本身
也是如此

灵魂没有伴侣
也不能呵护
拒绝一切潮湿的呼吸
和雨水
包括雾,包括冰冷和炙热

所以灵魂常常
跟随着我们
但把自己悄然藏匿
你若不能轻盈
是断然触摸不到的

## 额日布盖大峡谷

**娜仁琪琪格**

修炼了多少世　才能到这里
太阳照在额日布盖大峡谷　月亮也照在额日布盖大峡谷
深秋的戈壁滩　野茫茫的苍凉
深秋的戈壁滩
无尽的荒芜
远去的驼群　扬起尘烟

我们来到了　额日布盖大峡谷
你看你看那月亮的脸　你看你看那太阳的脸
它们同时照耀　额日布盖大峡谷
仰头就是重重叠叠
万卷经书
火红起来的万卷经书

## 城市里的麻雀

宁　明

城市里的麻雀与乡下的不同
它们没有草窠的收留
也搞不到盖着红印章的暂住证

麻雀们经常顶风站在高压线上集会
偶尔也落到谁家的窗台上
叽叽喳喳地议论一些民生的话题
而一座嘈杂的城市,很难听清
它们这些微弱的声音

灰头土脸的麻雀们
落在一根打结的绳子上
晾晒疙疙瘩瘩的心事
路人随便一声恐吓,就会
把它们全部的美好幻想
瞬间惊跑

## 天空的脸总是这么光洁

师力斌

永定河有无皱纹
燕山的皮肤,承受过多少风雨
面前落叶渐多
光鲜人物走马灯似的变换
想那华北大地上
该埋藏了多少生命
可天空的脸总是这么光洁

## 老阴山的风

孤 城

老阴山的风与老阴山
死磕

在山巅。嶙峋怪石,都拴着隐形豪猪
老阴山的风
撕咬着嗷嗷叫的空茫,混同
一事无成

没有掀动米戛的车
老阴山的风
又掉头扑向我

老阴山的风,终于在我这块温热的
外省的石头这里,发现了

## 一群蒲公英飞来,像一场大雪

苏唐果

这是繁殖的婚礼
还是纷纷的告别?
站在异国的郊野
一群蒲公英飞来,像一场茫茫大雪

抬头看,太阳是旧识,是故乡的那一个
低头看,马路上
路标的箭头仍指着前方

地球是圆的,时间是圆的
沿着箭头一直走,一直走
看见了吗?在故乡的田埂边
有一个扎着麻花辫的小女孩
她轻轻举起一朵蒲公英
你轻轻地吹了一口气

## 一滴泪,挂在尘世的眼角

马汉良

留恋人间
也向往天堂

黑雪在烈焰中呻吟
阳光在花朵间溢香

雨水收留了所有的故事
盛放的都是高高的苍穹

时光死去
一滴无法拭干的泪
还挂在尘世的眼角

# 美术馆

衣米一

终于看到了不朽
在美术馆。在墙,廊道,拐角
终于看到不朽的男人和女人
不朽的生活和时光
不朽的树,枝叶不动
不朽的花,开到没有香气
当你在美术馆走动
你看到,不朽的水
就是不再流动的水
不朽的语言,颤动着纸质的翅膀

## 陌　生

**梁志宏**

灰雾遮蔽了远山，眼熟的
楼群也有几分迷蒙。这个早晨
忽然想起一些世相
一些原本熟识却瞬间显得陌生
谁以朗笑，对我眉梢之惑
谁以侧身，回我眼瞳之问
近在咫尺似乎中间隔了
一座城池一座府衙，难识真容
当雾散天开，看远山清晰如昨
云朵飘来近在眼前
尘世间有诸多谜团待解
我依然向往晴朗，心地澄明

## 洞天漂流之后

雨　田

我乘着漂流船一路呼啸而去　穿过黑洞时
隐藏在寂寞心里的秘密已经不是秘密了
我在反问自己　这就是梦想中的奇幻世界吗

其实洞里的每朵石花都在对我微笑　还有
那古老的滴水声并没有失去它本身的透明度
而我站在这里觉得人多么地可怜　是耻辱的过客

是的　这里再碎小的石　它也是完整的石头
它的内心隐藏着还没有燃烧的火焰　而我
抖颤着的灵魂不知为什么变得如此地苍白

总有一天　我会把洞天的激情写进我的诗歌
让那些充满悲剧色彩的幽灵见鬼去吧　怀着光阴
我心旷神怡地和这里千奇百怪的钟乳石一同衰老

## 有一种期待叫有生之年

张　瑛

我们会慢慢老去
在有生之年
让我爱你或是恨你
我们终会觉得
日子不是漫长
在有生之年
我把自己煎熬成
最后一粒珠露
接近你或是抛弃你
请不必介意
当时光也要老去
我仍以少女之心
想象你归来时的波澜壮阔
想象三千里　马蹄声回响
想象一场静美的雪花
悄然降临
我们会慢慢老去
在有生之年
我们曾多么豪迈
肩扛大地
行遍山河
在有生之年
我们相濡以沫
我们低眉闻雪

# 最终一切都回归自然

邓醒群

如果说尘归尘，土归土
那么，喧嚣过后，一切都恢复平静

叱咤风云的，不可一世的
坚不可摧的。最终都变得无影无踪

在房子里设个阳台，看日出也看日落
最终，什么也没看见

伤残的墙，温度犹存的石头
默默地看着眼前和将来

后来的人，执着去掘开土地的胸膛
发现，原来一切都不属于任何人所有

## 在一把折扇中撞见暮年

汪亚萍

当桃花展开一把折扇
纸面便如一片雪原铺陈
雪,就是漫长的一生

她数不清扇骨几何
在空旷的无垠中

将折扇收拢
起点与终点,一切的一切重叠
可以忽略中间的起伏

桃花簌簌,缓慢而幽闭地降落
一眼撞见自己的暮年

五 月

## 在尼基塔·斯特内斯库的墓地

吉狄马加

如果再晚一分钟
你居住的墓园就要关闭
夜色降临前的门
用一种姿势睡在泥土里
时间的板斧终于成了盾牌
此刻,手臂是骨头的笛子
词语将被另一个影子吹响
凝视的眼睛,穿过黑暗的石头
思想的目光爬满永恒的脊柱
一个过客,吞食语言的钢轨
吞食饥渴的星球,吞食虚无的圆柱
当死亡成为你的线条的时候
当生命变成四轮马车发黑的时候
当发硬的颅骨高过星辰的时候
唯有你真实的诗歌犹如一只大鸟
静静地飘浮在罗马尼亚的天空

## 大觉寺归来

臧 棣

黄昏时分,一个废墟谦卑如
人生的空白还从来没有
在你面前如此安静过

半山腰多娇一个自然的角度
俯瞰交替远眺,乾坤的极限逃不过
有时,缓冲带在历史中藏得太深

而人心一旦缥缈,自我难免会
投靠深奥;看上去,生动多于冲动
但总差那么一点,才是灵魂出窍

或者,地平线也不过是一道门槛
借着山风,古老的遗风吹进来
将巨人的悲伤过滤成沉浮太偏僻

## 我的引力波

潇　潇

三点十分的雨
像下午的泪
落了下来
登机的人群湿漉漉的

起飞了
我忍不住忧伤的纠缠
一些离别的雨点
落在心里

忍住
天之涯，地之角

我的引力波
无法抗拒
宇宙中的时空涟漪

——如你急促的吻

像我们在生活的某处
停一停
然后又要飞走

## 驳奥登

吕　约

"太孩子气了，"你敲敲我们的头说：
"诗人要么长年孤独，要么青春早逝。"

——不！我不会死得那么快
也不会在孤独中变态

为了粉碎你的严酷咒语
要投入整整一生，还要加上
从死神那里偷来的宝贵时光

## 荒　地

谭克修

如果洪山公园坚持住荒地原貌
不用来庆祝万国城的成功
那些杂草、土堆和乱石
将带着流浪的土狗和野猫
给我的境遇送来慰问
离去的爱人,将在别处得到爱
消失的朋友,本来就不是朋友
暗处的敌人,我心里已清除干净

没有比这片荒地更热情、执着
而能量巨大的事物了
我曾在艾美酒店,看见它
像不明飞行物,飘浮在海面上空
泥土不断松落,将海水染成红色
从悬梯下来几个用碎石拼装成的人
穿着空乘制服,对我神秘微笑

## 活 着

谢克强

作为一个诗人
实在有一点惭愧　愧对
生我养我的这块土地

因为不会说话
常把愤懑的表情浸在诗里
就像树把花朵挂在枝头
我知道　写诗毫无用处
只不过在迷惘与痛苦时
找不到其他的活干

由此　那些积攒淤积的孤独
常被月光翻译着　时不时
肆意折磨着我　那时
我就怀抱瘦骨沉入生存深处
用孤独与寂寞淘洗词语
让思想开花

至于那诗有多大用处
不用管它　我也管不了已经
只想有声有色
在词语交织的隐喻中
证明我活在这块土地上
为诗活着

即使我离开这块土地　还有
我的那些长长短短的诗句
替我活着

## 我为一顿肉记住了父亲

大　枪

父亲是太阳落山的时候离世的
但我完全不能把他和太阳
联想到一起，太阳会在下一个早上
或者在下一再下一个早上
按时回来，而父亲不会，永远不会

其实，这都不重要，以我的年龄
我没有办法认知到，父亲和太阳
谁回来的合理性，我和弟弟只知道
掏鸟蛋，看天空做棉花糖，吃饱童年

在很多个晚上，我们激荡着
饥饿的血液，在各种宴席间梦游
吃白米饭，吃大肥肉，咬一口
就像咬下整个太阳的天狗
在人类的黑暗中，饱满而幸福

幸福，幸福，终于降临。梦游
在父亲的出殡宴上，成为现实
肥肉，肥肉，我久违的亲人
它们奏着哀乐，完成了对花朵的救赎

从此，在漫长的岁月里，这个面如白纸的

男人，终于在他长大成人的儿子们那里
拥有了和太阳一样，温暖而红润的注释

## 五月的偏头疼

肖 梅

那些药丸
闪着治愈与剥夺的光芒
在中年或更早的时候
占据了城市的心脏　肺部和一些动脉
手术刀沿着最初的网状风暴
不情愿留下倾斜的印痕

一年中总有一些时光
进出医院朝南的大门
在一双双福尔马林味的手掌中
像依附的婴儿
而那些文字与健康
在药丸与病房间低旋

潜伏着　如柏拉图式的爱情的疼痛
如果失去
仿佛体内走失的盐和孤独
我将看不清
身后那片正在生锈与升腾的大地

## 满目繁花：致乌托邦

徐俊国

一株梅就是一个乌托邦
满目繁花，可以闻香
但无人能嗅到菩萨的真意

喜鹊身上藏有三把折扇
乌鸦眼里反射出群山的巍峨
阴阳交界的默许里
做过坏事的小兽
有过邪念的老人
都可以转世为飞蛾
谁以星星为食
谁就亮晶晶地活在
伤口之上

红尘烟云，满目繁花
一株梅就是一个乌托邦
彻夜不睡的人，并不少见
大白天失眠
那才算深刻

## 登岳麓山

雪 马

顺着小路蜿蜒爬山
脚下多了几分野趣
一路被荆棘牵着走
也被砾石催着跑
不辜负一株古樟树
就得辜负一只山雀
当经过革命烈士墓地
我一再推迟了移动
呆立好一会儿
风吹潮湿入眼
才嗅着溪声而上
上到了岳麓山顶
顶上人群忙于摄取
景色中各自的皮相
仍未见一滴溪水
只见暮色围城

## 看 云

**杨 角**

看云是容易让人疲倦的
在康巴高原
谷底的云和山顶的云没有区别
有时翻过几座山
看见的可能是同一片云
看云是寂寞的,特别在理塘
风陪你一会儿
阳光又陪你一会儿
如果不是突降一场大雪
最终还是你一个人把所有的云
送到黄昏里去
感谢那些缓慢的事物
使我在奔跑中能够停下来
看一看身边飞逝的尘世
我短暂的生命
似乎又延长了一分

## 梨 花

姚 辉

梨花并不复杂　在夜晚
它们是星辰　在白昼
它们　也是星辰

梨花并不远　山上的梨花
你看得见　山下的梨花
你一摇　它们
就抢着保存自己的羞涩

梨花并不孤寂　风在左侧
掏出古老的花香　风在右侧
随蜂群一起飞翔

梨花并不空旷　旭日升
它将灯火留在树根下
夕照正斜　梨花捋捋风向
为即将归来的弦月　腾出
某种暗香袅袅的目的

## 阿美古调

张 元

我们一起唱歌吧,这往事悠久的歌声
总可以吧?
没有时间会比岁月疯狂,所以大家一起唱吧?
也可以在雨季里打磨山水,被锈蚀的森林
与沙砾各不相同

想起那依水而居的祖先
他们活着,又老去了
想起未能赶赴的邀约,至今日还在梦游
想起歌声之外,那深情的背影
又何时想起,被想起呢?

想起被遗忘的春天,在闪电中
肆意地生长,想起那云间的彩虹
以故乡的名义,想起了烈日下融化的冰凌
想起那年流浪,在异乡的街头
又是何时,会想起你熟悉的名字
又是何时,才能喊出那声已在嗓子里
嘶哑的——
乡愁

## 宽窄巷的下午茶

赵晓梦

这是一天中的最好时光
露水的清晨和失重的黄昏
都已在瓦片上掸去灰尘
四方天井只剩几瓣茶叶在杯中游走

青砖和格窗都在一本书中午睡
麻雀看见的一庭晴雪，早已被秋蝉
移出宽窄巷格律整齐的月牙门洞
褪去一身骄傲的太阳像条慵懒的狗

安于现状，天井的茶杯早已波澜不惊
熟透的茶水握不住一个人怀旧的背影
偶尔庞大的风从宽巷子里冲过来
也仅仅让窄巷子喝茶的嘴唇战栗

既然这份干净被系于茶水的弦上
何不在黑夜的练习琴声响起前
再给墙角的芭蕉树续点水
让西窗的灯火剪出我的身影

## 字库阁里寻找一个词语

周占林

在雁江与字库阁偶遇
这多么像我们的初次相见
蓝天和白云
竹影与微风
所有的一切都是春的恩赐
每一声轻吟,绽放着
江边小橘花的羞怯笑容

站在字库阁高处
有一种跳下去的欲望
我知道
一旦伸出双臂
我就会长出两只翅膀
一只是爱
一只是期望

飞身之前
我要在字库阁的深处
寻找一个足以让我
无法遗忘的词语
每个方方正正的汉字
能珍藏我一生
忧伤的诗行

# 稻　谷

*方雪梅*

剥开一粒稻谷
我看见起伏的山　老牛的喘
和一个人的汗
从泥土中出发的人
是谷子的兄弟

离开村子已久
他用文字言语
仿佛布谷鸟　原生态的发声
不沾半点灰尘

一声不响的谷粒
像午夜想起的某人
无法似一个成语
可反复书写

这世上　有许多坦露
从不让人羞愧

譬如谷粒成米
就香过陈词一地

## 归乡如酿酒

胡 勇

乌云,遮掩不住太阳的光辉
也就遮掩不住太阳偶尔被失落的窘态
更遮不住游子的望眼,以及乌云之上飞行的飞机
阳光普洒
云山云海在脚下
天空已装饰成仙境

飞机如何飞稳天空,起飞或降落
不。千万不要说一路顺风
哪里有云,哪里是雨
逆风中,归乡的心在空中寄存着
遥遥,但有期

乌云在飞机之下
枯滕和老树以及流水又在乌云之下
缠绕住游子归乡的心,是人家
游子的脑海中浮现的是
乌云般浓烈的乡愁

乌云遮挡不住下方的故园
归乡之心酿造的酒,香味愈加强烈
游子在空中,隐身于酒壶中思考生命的归宿
在归故里
在路上,迟迟归也无妨

## 一句话

康 城

一个晚上你就为了说这句话
一句话是一颗子弹
轻易地击碎爱的玻璃外壳
爱情弃械投降
是不是一句话就是一场洪水
有没有爱情幸运地登上诺亚方舟

没有,你太满了
已经容不下爱情
一句话是一个开关
让全世界的灯光暗下

一个瞬间缩短的距离
有时几辈子也无法到达

一句话
搬走一座房子
在大地上留出一块空地

## 塔尔寺的酥油花

蓝　晓

一场雪后，大地和天空生出的色彩
从他们冰凉的指尖
一滴一滴地晕染
酥油花就此盛开

一瓣花开出广袤的草原
一片叶开出茂密的森林
一片羽毛开出辽远的苍穹
一个眼神开出慈悲和善良
一个坐姿开出高贵和安详……

菩提的枝叶繁茂
六字真言从低到高穿越心灵
佛的智慧在灯火里闪烁
明艳的色彩暗淡了肉体的疼痛
佛前的愿望在酥油的馨香里生长

# 一次一次摇上来

远　心

一次次从深井里摇上来的井水，在生命中
不同的清晨，一次又一次摇上来
姥姥村东头的大井，据说水最好，母亲的牙很白
奶奶村中央的大井，井绳粗而硬，冬天井沿结冰
在我的记忆里，母亲清晨把那个铝皮水桶
系到井底，投了又投
摇上来的水，冷冽激人
有时候混浊，回家沉淀一下再倒进水瓮
成年后，在诗歌的风铃里，我又听见那水声
辘轳摇上来时桶里的水一颤一颤掉进深井
挑担走在路上，水滴成冰
井水倒进水瓮，哗的一声冲压瓮底
从深井里摇上来的井水，在生命中
不同的清晨，一次又一次摇上来
那个摇着辘轳把儿的人，是生我的人

**绿蔷薇**

良 甜

时光喜欢如此打磨你的色调
从青葱到苍翠
许多暴风骤雨的脸色  我读不懂
却是你忘不掉的割舍

每日唤醒黎明的太阳  灼着许多铁血丹心
温暖  炙热
是否拥抱过丛林的臂膀  注定燃烧
再然后  凋落

记忆的悠长  不过是罂粟绯红的摩挲
荼毒了某些傲慢与谦卑
许多无可奈何的颜色  最终沉沦而迂回

疼痛  那疮疤的玫瑰
请容许这娇艳的刺蛊惑人心
再以最浪漫的姿态
刺入记忆的心脏
挥之不去的刻骨时光
打磨  雕琢

一隅铮铮墨绿
似乎是一朵深情而柔软的  蔷薇

## 在唐城墙遗址:铁发芽

彭志强

一夜冥思,还是无法和沉默的泥土,退回唐朝
长安的门下省,隐身书里
在西安唐城墙遗址公园,我只能在门下
反省你的梦想,遥想那一年那一夜
枯萎的花靠近围墙
泼出苦水重新开放

战事未停,你把马缰拴在笏板之上
整个长安城所有的老路都沉睡了
你还是睡不着
像一个久违的铁匠,捶打夜色
仿佛打到天亮,你身体里的铁
就发芽了

失眠,是你来回踱步溅起的星光
对于今夜的我而言却是钢化玻璃窗
挡不住的秋风,反复落在
惘然之上

# 塔

## 语 伞

城市最先安置给眼睛的玩伴
它有逗弄眼神的幽默表情,直白的站姿
想到它古老的传说时,长久的肃穆,代替了笑

离开纸质的记忆,眺望——
塔的维度浮动立体的波纹,由圆形的纹路向外扩散
多角的声音滑向同一个平面,环佩作响
我能在它空旷的呼吸里摸到灯光的册页,翻阅符
号、宝藏、奇迹,远道而来的落在它脸上的喃喃
声,水花一样高悬
它周身如音乐扭动,常常诱使飞鸟围着它旋舞
诱使我,因对过去俯瞰而略有悔意,因对现在仰望
而生出虚无的想法

它界定一个城市的中央、局部,以标志物的骄傲,为
模糊的空间丈量距离
我寻找自己受困于心时,那些类似于它的,边缘的棱角
我想抚平荡漾的那一刻
它伸出尖顶,操纵应接不暇的风景所制造的美丽乱局
最后,像精通《周易》的占卜者,独自向云层深处走
去,离每个人死亡那么近,上帝那么远

## 夜的光线
——致白血病患儿闫梓萱

安　妮

一些有害的事物
在月光和灯光下一字铺开
比如：压积偏高的红细胞
比如：一次次的骨髓穿刺
和失散在摇摇车里稚气的笑容
像极了时光的 A 面和 B 面

一个生命
一定要长过河流
高过天穹
最好要稳稳落在
每年六月的花海中
那时
阳光是柔软的
汽笛声是柔软的
连那些滚烫的钱币上
都晕染着人们厚重的心意
恰似人世间唯一的暖
与光亮

我们要做神的信徒
必须风雨兼程
去浩瀚的星空中

提取碾碎自由的那一缕光线
用一生的时间
来照亮回家的路

## 割草工

高海平

割草工在树下歇息
裤腿卷了半截
抽烟，聊天
割草机停在旁边
草屑堆了一地
鲜嫩无比

此时，浓郁的草香
已变了味道
充斥着血腥之气
初夏刚刚开始
就被杀伐
血流成河

# 苦 难

吕 达

是我诗行背后无声的注解

是琴弦反复弹拨的位置
是失去的一切不可或缺的辅音
是地上的事物对天空无法更改的渴望

太阳日复一日照在雪山上
苦难是唱歌的人手中唯一一件乐器
羊在山坡上埋头吃草
苦难是唱歌的人没有了听众

## 宋　瓷

蒲小林

风是烧不死的
如果时光是一阵风
时光也烧不死
大宋，甚至更早一些
一团火，以瓷器或碎片的形式
烧死了自己

千年历史，不过就是这样一场
以何种方式赴死，或者以何种方式
求生的简单游戏

多年以后，在我老家遂宁的菜地里
一把锄头再次挖出了火
但锄禾的老人并不知道
他是挖到了火本身
还是挖到了火的活口，又或者
他仅仅是挖出了藏在泥土中的
一段时光

# 春 梦

泉 子

在一个惊心动魄
而一触即发的春梦中
我因转身合上身后的门扉
而醒转过来
她会为那刹那后的杳无音讯
为一个永远的空隙而惊悚吗
而她应比我更懂得一个繁盛而虚无的人世
她应比我更懂得
生命中
那无处又无往不在的绝望与孤独

# 旅　人

孙晓杰

列车在黑夜里穿行
一个睡在下铺
沉默的人，忽然翻身侧卧
将一张微亮的纸片
凑向车厢里昏昏欲睡的夜灯
他用记忆之手
写下一堆不眠的文字
整个黑夜都不知道他写了些什么
但在他收起笔尖的一刻
列车似乎发生了倾斜
并且剧烈地
晃动了一下

# 圣 湖

唐益红

我从五千多米的山口爬上来
只为看一眼这映照天空的镜面
看一眼天鹅飞过雪线划开的弧线
积雪阻断远方的消息
岗巴拉，岗巴拉
三生三世的积雪也下不完

身旁的粗糙石头上刻满咒语
稀薄的空气从头顶灌下
这世间所有的山都被神仙占据
这大地上所有的湖泊都是魂魄的寄放之所
阳光普照众神，也普照众生
我跪倒在神灵主宰的地方，像个哑孩子
望着空空的帐篷说不出一句话

## 一个鸡蛋的传说

苇青青

你是一个多么文静的个体
通体冷肃,环视身外虚空

以静物者身份活下来
连喘息,都憋在心脏

不触碰那些浮泛话题
比如金钱、权力,交换与被交换价值
安静的意志高过岩层

你的命运不无悲凉
被吃掉,被摔碎,被瞧不起
三条路
哪一条都是你的绝路

而你,用窒息的气力
孵化一个头颅
一只啄食的嘴,碎壳而出

一个传说,沾着血迹和毛发
为爱诞生

# 六月

## 身 世

陆 健

和朋友一起来访的
陌生人。乍一见我
异常吃惊的样子

"你真的不是老家
俺隔壁的李哥啊?"

我凭什么是你什么李哥?

他握我手,捏捏我手心手指
要找一个接头暗号似的

我说:"你家乡没去过啊,
就连我父亲那一代也没人去过。"

他咂咂嘴:"像,真像
那可是少见的好人呐。"
我连忙点头,很感谢那位李哥

以我的名义埋首乡间
一直在做善事

"不过李哥死了十年了。可惜!"
这次我更是惊掉了下巴

他看看我左脸,又转到一边
看右脸。"兴许别人传错了呢?"
我半晌没回过神来

我终于明白,我是
挂着别人的一张脸
在这个城市游走了那么些年

## 古寺在心

李 云

听说南山有古寺
通红寺庙是一枚南山福痣
谁见过

晨钟暮鼓生在深山深处
经颂之声
比檀香传得更远
杏黄的僧衣
是翩跹的蝴蝶振翅之声
谁听到

观音目光低垂
没有人能模拟其慈悲
滴水净瓶里滴下的甘露
滋润福地或心田
谁知道

寻古寺的人
半途而废
南山哪里有什么古寺
从深山深处归来的人
却欣喜若狂告诉你
古寺就在南山怀里

古寺在心
我清楚

## 你将一无所知

**李自国**

最后把我躯体和眼睛
留给你　剩下的岁月
就是我的化身
光明与盲者原是对孪生姐妹
没有路的时候
你将一无所知
我的探望充满你手掌
一旦翻飞为云
我要壮你的山河
在塔松里永生　并且
指引后面的来者
从生命的谵语出发
我离魂的病体
跪倒你面前　与千万个英烈的
遗孤一起　去祈祷你
最后一滴血凝固
眼泪弥漫四野
我的灵感之光沿着你的河流
流走整整一个世纪
村庄　纪念的碑文
在我陵寝里　每条路
都伸进你体内
像一件物品的丢失

那么多长夜　深藏着
苦难和不幸的孩子们

# 大 雪

阿 信

看见红衣僧在凹凸不平的地球表面
裹雪独行,我内心的大雪,也落下来
我渴望这场大雪,埋住庙宇,埋住道路,埋住四野
埋住一头狮子,和它桀骜、高冷的心

# 红豆杉

汪剑钊

红豆杉是山庄的荣誉村民
挺拔、俊朗,并且德高望重
被绿叶与红果神秘的排列吸引
你屏住呼吸,走近它的根部
驻足,聆听来自山壁的回声……
一片薄雾飘过,从黛青色的农舍
带来村妇们压低嗓音的私语

把怀疑打上结扣,悬挂在树梢
你追问花的起源和果的归宿
一棵树的成长总有无数被忽略的细节
人们记住的不外是阳光和雨水
春天的野杜鹃,白鹇的啼鸣
忘掉了汗水与血液
甚至忽略了繁茂荫覆下的黑土地

红豆躲在繁密的枝叶背后
模仿樱桃,找到相似的生存方式
嘟起小小的嘴唇
等待来自隼喙的一个深吻
高铁逼近的时代,崎岖的山路已被拓宽
红豆不再是王维的专利
相思,更不限于男女两性的缠绵……
唯有古树的形象更加深入人心

## 仰望星空

王桂林

他总是在大白天仰望星空
太阳的鞭子抽打着书上的字迹
这间在城里租居的屋子
有着法定的窗户和秩序的顶棚
他从未抱怨过生活
不再像小时候乡下的夜晚
清澈,清醒,迷乱,迷人
钢筋水泥墙壁,双层玻璃
也不会再漏下露水,暴风雨
他每天在日出前准时到来
像上紧发条的时钟
有时,比发情的猫还亢奋
直到太阳,被他耗尽了气血
他就是要在大白天仰望星空
甘愿自己把自己囚禁
因为正是在自己的牢笼里
才可以不被打扰,低头仰望
他甚至确信,他的星空
就在这间屋子的某一个角落
在他每天反复阅读
被太阳的鞭子抽打着的
某段词语的深处……

# 笔　韵

吴捍东

每个人得以书写岁月的时光
缘于我们手中握着撰写
人生内容的笔杆
笔端洋溢着羊一般的温情日暖
笔端蕴藏着狼一般的野性疯狂
所以　我们的人生跌宕起伏　色彩斑斓

浓缩的精粹不经意地在我们身边展现
即使是不起眼的一个小小地方
南昌文港
一个小小的原乡
一支小小的毛笔
沉淀了人类的灵魂
凝结了人类智慧的光芒
饱蘸着独具匠心的笔韵
在我们挥洒中绽放

## 我要去寻找我的兄弟

晓 音

每当我要远行
我都会给自己找一个理由
这次,我要去寻找失散多年的兄弟
它不是春天,春天太斑斓
与我出门的初衷不符
也不会是秋天,秋天太萧瑟
它不是我想出远门的理由
当然也不会是冬天,冬天太冷
它会冻伤我的泪水。那么
就在夏天出一趟远门吧
在春天刚刚过去的时候
杨树上还悬挂着白白的花絮

## 轻是一种境界

徐丽萍

这些宿命被打成捆　挂在门边晾晒
它们把自己的烈性丢在风里　那些坚硬的骨骼
发出自己的声响　灵魂被一种强大的力抽空
空成一段悬疑　生命变轻是一种境界
可以让那些沉重的事物奔跑起来
比如繁重　比如疾病　比如爱情
那些藏在内心的无限巨大的重
只是宇宙链上的一粒细小的灰尘
它无法阻止我们的超越
它无法阻止我们释放生命的能量
卸下这些不可救药的宿命　活出自己的境界

## 锁控金川

杨 梓

这是开凿在悬崖上的丝路
仅容一队人马通过的栈道
抵达甘州和西域的独木之桥
兑现梦想的必经咽喉

我牵着驼队走过唐朝
进入由鼎盛走向衰微的西夏
电闪雷鸣,石头不断从山顶滚下
大雨倾盆,马背上的丝绸显出重量

峡谷的洪水在涨
一头毛驴被席卷而去
我们一行三人,白马三匹,骆驼九峰
还有一身烧红的铁

## 我已年逾五旬

庄晓明

不觉间我已年逾五旬
心绪却时而茫然
一切似乎刚刚开始
却又有着终极的虚无
我愈来愈看清自己
一个本质的虚无主义者
只是还想在虚无之上
赋予一些价值
但这些价值,也经不起推敲
可能只是一种自我慰藉
唯一清晰的
是不断延伸的诗行深处
有一座幽谷
我常常漫步至那儿
取得片刻宁静,真正的宁静
那时,我是一,是起始的无
恍惚而充实

## 此处是莲花国净土

爱斐儿

看一眼荷花
再看看岸边的自己
太多个过去,已消失在
无始无终的时间里
千帆远去,沉沙漏尽
无数黄昏在身后冷下来
今天是即将冷却下来的某一个
一些诗酒和剑气
还在胸中訇然作响,每一声
都沾染着清风与孤月
这些年,天界有仙客
彼岸有世尊,中间隔着
尘世烟火和这万顷荷花
而每一朵莲台,都端坐着
一位度人间苦厄的菩萨
看到此景的人,笑容由此展开
并从一朵荷花中
认出了悲欣交集的自己

如是我问:
"此处可是莲花国净土?"

# 镜　子

卜寸丹

你：终将葬身于此

风月无边。唯有沉默的独行者得到赦免
魔鬼囚禁在镜中，水妖在岸边起舞
小城中，女疯子在窄窄的街巷游荡
每天，孩子们去学校，妇人们去菜市场
说谎者编写经卷，在屠宰场堆积微温的尸骨
我与陌生人相遇，只睡在爱人的身旁
那些有着异禀的人下蛊、收吓、划水祛病
教化我们敬畏鬼神，安顿亡灵
生是独立的，死才是彼此的一部分
一切都有用处，腐烂的根叶、不安分的眼神
河流在哪里，我们就去往哪里
每一段光阴都是你的，你抱着怀中的幼子
你的衣冠冢，你的镜子

你爱这面镜子。正如我爱这毫无意义的尘世

## 有花开了一夜

迥 迥

尘世有灰
在夜晚落下,月光和星光
不知所踪。菊花和鸭跖草
蛰伏于黑夜。白昼之后
开始做不经世事的梦

而我安睡如常
有花开了一夜
我知道,有一朵幽香
投入深林里了

我知道,生命和无常
将从寂静中浮现
我注视它们,不知所措

又仿佛将生出一对翅膀
越过孤独,如止水
不起涟漪

## 墓前,那声清脆的枪响
——写给叶赛宁

**千天全**

最后的鲜血流进诗句
你从容地魂归莫斯科乡下的故里
是诗人还是最后一个农民
都无足轻重了
你以土地的名义捍卫尊严
让爱情的故事诠释生命
比普希金幸运的是
你没有中情敌的子弹而屈辱倒地
尽管你狠心离开爱过你的女人
你的名字依然在她们的泪水里怒放玫瑰
背对混乱的世界你说
死不算什么新鲜事
而你墓前那声清脆的枪响
足可击碎地狱的大门
人类所有诗句表白的爱情
被这声枪响击出不愈的伤痕
为你殉情的红颜告诉我
珍贵的一切
都会埋进爱人的墓里

# 父 亲

黑 丰

父亲的册页已然脱落
无根而漂泊

他的马去了南山
铁器时代的红亮反而锈住了父亲

父亲住在破烂的段落之间
父亲反反复复
农田荒诞不经

年轻的虫豸们正飞快地穿越他身后的农具
经年不息的水声惊心动魄
黄昏的晚钟如雷贯耳

父亲的马已去了南山

## 在太阳城

李 立

曾经把青春一把押给缪斯
输得夜不能寐,太阳城
赌场我是进不去了
我的赌资已所剩无几,仅剩的时光
一天一天地输给了岁月

凡是真实的,哪怕是一块被太阳灼伤的小石子
都能让我冷飕飕的年龄
感觉温暖。你背靠大草原
却要移植一百多万棵树,靠山造假山
雕刻数不尽的动物,这些不真实的事物
像之前我追求过的虚无

低低的蓝天,偶尔有鹰掠过
像一丝杂念,掠过我的心空
三届世界小姐斗艳的泳池,仿佛还留有
她们的体香,也已勾不起
我心中的涟漪

这热烈的阳光是我喜欢的,这么多年
有些陈旧之物早就应该晾晒了,藏匿太久
我着实担忧,那越来越重的
生活的霉味

# 守 望

李孟伦

我以风的身姿和水的形体自由地游弋大海
从每一滴水里想象魁梧的高山优雅的河流
以及每一尾鱼游离在水道里的过去与未来
想象每一个岛屿上孤独的椰树和狂野的风
以及荒漠在沙滩孤寂了主人多年的小木船
想象桃花汛时抹不去的昔日成了一种向往
想念那已匿迹在风中摇曳了千年的海防林
一排排拔地而起的高楼如风中竖立的琴弦
任海风吹拂任夏雨飘洒任北来的候鸟冬藏
在夕阳西下入海的地带在目光忘返的地方
没有伯牙没有子期没有高山也没有了流水
也没有昔日大雁清脆的鸣叫响彻云端的美
儿时追逐的羔羊成了蓝天一朵飘过的白云
我故乡的身躯承载不起红尘飘过来的幸福
每一回回归自然的身影绚烂了每一片天空
我的故乡我的牛羊我的姑娘成了一抹夕阳
走向了大山的背后大地的背后大海的背后
让我最后一滴泪花开到天上开到了月亮上

## 宁静的

丘文桥

宁静的昨天是迟到的一小段
记忆已留出啤酒与拥抱的空隙
有一只梳理羽毛的麻雀
停在商务区将悦耳的遐想叫成时光
说是二年的时光

接下来,它又将做些什么
像我的脸一样朝着阳光
喝温了多年的酒,或跳喜庆的舞
路过的喧嚣就是我们的舞伴

如果时间可以倒流
那安静又该回到何处

呵!美丽的女郎——
来了。阳光里的它不再胆小
它敢脱掉袜子步入云端和
仙女翩翩起舞

宁静的。我们拥抱一起的温度
一只鸟这样想
我也这样想

## 大佛寺

云 仙

一尊巨佛
沉睡千载,如今
睡梦已醒

隔壁的人
和你缘分,早在
西夏已定

嬉戏的狮子
盯着墙外儿童
向院内爬行

内敛的花瓣儿
听到了马蹄声
将玄奘窥迎

木式房屋
弥漫出殿堂千年的
御书墨馨

黄金万两
在这里,也只作
绿叶扶撑

手工字痕
千卷万章,几经
朔风侵吞

岁月蹉跎
永记在心,将中国
涅槃传承

## 我喜欢的是那水滴

马培松

我喜欢的是那水滴
而不是那钻石
因为钻石以它恒定的存在
早已让世界失去想象
而水则不,它可以流淌
可以浸润,可以弹奏
优雅的激越的音乐
它还可以和阳光做伴
做一次幸福的升腾
更加让人不可言喻的是
它在花是花在树是树
高兴时还做了女儿的骨肉
当我偶尔抬头
望见天空一朵微笑的云
那可是它一次愉快的出游

## 在钟鼓楼上看立秋

蔓 琳

这一天,雨水分隔了两个季节
春与冬从此开始黑白分明
钟鼓楼下
熙攘过往的人群
急急地奔向各自的方向
街道尽头的铜匠收拾着他的家当
张着嘴的铜壶铜锅
全部站回各自的地盘
唯有我
在十字大街的高处
战战兢兢
雨还在下
前世的月光早已背叛
我守着这片城池
固执得有些疯狂
云峰寺的钟声一声接着一声
敲碎唐诗中的月影
我在等待月圆的饥渴中
触碰到狂风暴雨的前奏……

## 一夜之后

漆宇勤

这老人目花耳聋,被子孙拥到二楼
懵懂地睡下
楼下哭咽伴着纸钱
清早醒来,九十一岁的老人满屋子找
挤满厅堂的年轻面孔他已不认识几个
他失忆、无语,反应迟钝,诸事糊涂
但同床而睡七十年的那个女人不见了
他记得无比执着,仿佛挖地三尺也要找出来
昨日邻居送来两个粽子
他坚持留了一个,并不记得要留给谁吃
在另屋而设的灵堂里
忘掉一切的老人终于认清楚祭台上的相片
抱着桌腿席地痛哭出声

## 上海虹桥站坐高铁记

石立新

在间距1160mm的舒适软椅里
男人女人们是一排排苹果,手机是第二地心引力

一杯咖啡还没喝完,苏州就迎面扑来
车停昆山时,暮云奔涌如银幕上的舞女裙袂飞扬
站台上,电动扶梯平静地瓜分着人流

古吴国的丝状细雨趴在车窗上,转瞬即逝
恍如恋人用来告别的分泌物,被视线茫然切换着

车身两侧的景物闪如离弦之箭,你很难完成
一次像样的回眸。速度——统计学层面的安静数值
含有流星、蝼蚁、往事的队形

在这样一个快速失去慢的时代,对于未来
我们应否怀有大剂量的喜悦,像剧情鼓励的那样

线条俊美的金属盒子,神话一样移动
在漆黑中抖落漆黑,灯火通明的车厢里人影憧憧
提示着出轨引发的致命和虚幻

## 天山姑娘

欧阳黔森

不知你是阿瓦古丽
还是阿拉木罕
我只知道
你是天山姑娘

你的眼睛
像天空一样的蔚蓝
你的舞姿
像仙鹤一样的轻盈

天山脚下听见你的歌声
格桑花中望见你的笑靥
我就是你身旁的一只小绵羊
你不要为我咩咩地叫
皱起眉头
我只是在欢乐地呼唤
召来的哪怕是
一阵阵皮鞭的响声

痛只在我身上
甜却上我心头

## 咖　啡

石　厉

太阳落山，天暗了下来
但在一杯苦涩的咖啡中
模糊的事物，越来越清晰
整个下午消除了倦意
开始内部明亮起来

正面的世界是甜的
这就给甜的反面
留下了一个广阔的空间
比如辉煌者缩短的影子，一朵花
真实的身世，天阙之缺

苦苦的咖啡，能将一个下午
喝出遥远而闪光的泪水

## 剑　气

瘦西鸿

我的心里　藏着一把剑
每个夜里我都反复在磨
每个清晨都有一把小剑长出来
仿佛初生的婴儿

行走在尘世　被我剑气所伤的人
常常都像是好人　我们迎头相撞
或侧身相让　谁也不知道谁的底细

但我还是让别人受伤了
仿佛他们做过坏事　仿佛天下
并没有一个让剑认可的好人

如今磨剑　我要反复把它磨钝
让剑气死在铁隐忍的愚顽中
我要让自己　和所遇见的人一样
既看不出是好人　也看不出是坏人
我们只是　心里藏有剑气的人

七月

## 水 声

**叶延滨**

听见粪勺在水沟的石头上磕碰的声音
听见狗舌头在水洼上卷动的声音
听见泉水滴落在竹筒上的声音
听见溪水在石坎上跳跃的声音
听见雨脚在瓦檐嬉笑的声音
听见露珠叶片滚动的声音
听见船篙击水的声音
听见缸裂水激的声音
听见……水的声音

没有水声,是梦的声音
睁开眼,看见梦正趴在水龙头上
对我说:听见了吗?
家乡的声音……

## 抽时间给你写封信吧

姜念光

写出鱼。鱼
在手腕上忽闪,鱼
在动脉里游泳
我不会再把它放回大海去
写出图钉。图钉
按在掌心,只占祖国中的一小块
只要人民中的一个人
不共享,不归公,背叛集体
写出蚕。蚕
像一个柔软的病句,埋头
在一片绿树叶上面
不见泰山,不识抬举
慢慢地抽丝,慢慢地纯洁
慢慢地,让自己好起来
写出盐和雪
立誓的盐和无尽的雪
教导山河,在秋千上坐下
不由自主地摇晃充满音乐的身体

# 蜜 獾

向以鲜

食蜜者的秘密,并不在于
名字与行踪,都带着
一丝丝甜味儿

食蜜者的秘密在于
一滴蜜,包含着森林与沙漠
全部的希望或绝望

响蜜鴷只会在空巢上念着
蜜啊蜜啊!得了蜜的真经之物
始终保持缄默

蜜獾在甜蜜中苦修杀虎本领
蜜獾在苦修中嚼碎甜蜜

## 一个人的黄河
——悼马新朝兄

曲 近

觉得写诗有点孤单
就写书法给诗作伴
一生只做这两件事
研血为墨
纸上留痕
守着黄河,书写黄河
细数黄河的日出日落
一点点让脉管里奔腾的血液
或一泻千里
或落地成歌

一个人在河边
走走,坐坐,或者躺下来
头枕涛声
听河水述说
而更多的时候,以沉默
沉浸于一粒沙子内思索

中原大地,岁月蹉跎
几十年爱恨情仇,都铸进你
一个人的黄河
一首诗,熬干了你全部的心血

## 更多的葵花低下头来

花　语

初绽的葵花
昂首挺胸，耀眼刺目
仿佛劫掠了世上所有的金子
但是
更多葵花低下头来
隐藏月份更深的孕肚

多像做了印记的经书
一圈一圈
由褐，黄，黑，橙
分割宿命中的故事和年轮
最大一只，直接把脸
对准地面
感觉它的头
就要扎进土里了

像硕大的灯盏
他们更低地，低下头颅

是为照亮大地深处
更多的黑暗

# 信　封

木　汀

信封的容量
有时离奇得像天空
悄悄的话
躲进去
只有相爱的人看得见

那些思念的话呀
从信封倒出来
坠地之后就架起像彩虹一样的桥
他还在桥那端
她就被那些呢喃的字符重重包围

忽然信封变得离奇地小
小到只能装下一根发丝
小到打开信封的人啊
看不到它
当发丝突然出现在他眼前
泪水放大了小小的信封

## 孩 子

刘 春

他把石子一块一块搬开,要收养
一窝小蚂蚁,因为幼稚园阿姨说"要有爱心"
他管飞机叫"天鹅的妈妈"
至于什么是天鹅——"麻雀的妈妈呗!"
他如此炫耀自己的学识

萤火虫已积够了五只,和他的年龄
正好相当,在空空荡荡的瓶子里
飞来飞去,像他终将面对的世界
广阔,繁华,四周有看不见的墙壁

"猫和老鼠"是他的至爱,为此他声称
拒绝今后所有不合时宜的晚餐
一只弱势的小动物屡屡捉弄它的天敌
这过程让他呵呵直乐,却让他的母亲暗自担忧:
生活是否真的如此诗意?

令人恼怒的是他还精通爱情
和妻子的小小的亲热被他撞见
他会老气横秋地鼓励我们"再来一个"
而关于这"一个",他有个形象比喻:"吃口水"

其实他不够刁钻,一个五岁的小孩
玩出的花样终归有限

可他时常担忧我们会把他卖掉
　"还有什么能比你们可爱的独生儿子更值得怜爱呢?"
蜡笔小新只说过一次的话,如今
已泛滥成他的口头禅

他当然有很"酷"的时候,比如
遇见校长他从来不打招呼
他讨厌那个胖子,"因为他认得很多阿姨"
从某个角度说,他可以做你的老师

## 春风浩荡　云上千里

崔志刚

我不想深入你的心灵
就像你也不能收紧时空的距离
无须鼓励探索的勇气
有心的人自会百倍努力

我习惯了低头看着地
可不是为了良心上的过不去
总是要先包裹好身体
再一往无前地奔赴战局

我还是被尖锐地识破
本就不可能有完美的掩饰
编织再好的复杂关系
仍会找出一个微小缝隙

我跳不出柔顺的韵律
也不想在腐烂的淤泥哭泣
修饰好卑微的自己
也许换个姿势并不容易

只好在晴天出逃　假装下雨
向天空之城抒情　泪满天际
安坐在舒适的座椅
春风浩荡　云上千里

## 证　明

夏海涛

没有了证据　就没有了你的存在
记忆　只是依据某种感官
涂鸦在画布上的历史

比如年　总是一年年度过
何曾录下过什么
那些甲申或者乙丑
里面镌刻了太多人为的痕迹

真相如此遮蔽
揭开的光阴　比不上黑暗的沧海一粟

亲人　平凡如你
在时间的飞轮上
除了我的肉身是活生生的证据
没有什么能够说明你曾经来过　然后离去

总是要反复地死
才能证明曾经的生
走过的路上
生命　何曾留下过丝毫痕迹

## 铁匠铺

杨北城

每次返乡,都要路过一家铁匠铺
远远望见炉火通明,就知道再次路过了
叮叮当当的铁锤声,不是每天都会响起
有时下着雨,老铁匠也会点燃炉火
他在铁砧前静静地坐着,抽着烟袋
望着墙上那块粗糙的帆布,目露铁色
他的腰板已显弯曲,但看上去还算硬朗
被铁花溅伤过的下巴,仍留着斑斑点点
炉火映着他黝黑的脸,映着忧伤和失落
只有门口铁器的幌子,还在时光里招摇
如今农村,有大片的撂荒地待耕
却少有人还需要打犁铧,锄头,镰刀
此刻他是安静的,一块生铁闲置墙角
他壮年时一拉动风箱,整个小镇都颤动
我多想替他挥动铁锤,做他的关门徒弟
叫一声师傅,打把镰
可我知道,这敞开的铁匠铺我走不进去
因为我身上缺少了铁的部分

## 沿着青海湖的方向

孔占伟

青海湖的星辰日渐辉煌
我站在风的右边
任凭冰花绽放湖岸
白天鹅为宽阔高唱

湖水告诉我的
我将沿着湖岸给你
方向在我的内心里
洁净在我的方向里

寓言告诉我的
我将瓦解成流云
听到了大雁归来的音讯
风雨兼程的信念

波涛告诉我的
我将珍藏于心
跃动的艰难不便流露
因为羁绊,或者仅仅是忧愁

## 狗尾巴草

李　皓

你有多卑微,我就有多卑微
你的荣枯,多么像我潦草的前半生
偶尔做过几件像样的事情
大多被视为狗尾续貂

秋天来临,我开始头重脚轻
我多么怀念夹着尾巴做人的年代
风不来纠缠我,就连阳光
也不跟我针尖对麦芒

眼下可好,我在风中拼命摇头
只为让自己变得越来越轻
变得可有可无,不再引火烧身
而把脆弱的骨头老实地埋进青山

## 老槐树下

刘晓平

重温老槐树下历史的记忆
书法家赵辉廷高兴了
词作家杨次洪歌唱了
他们都找到了古老的故土

我一时不能确定
老祖宗是否也曾在老槐树下驻足
当我认识了丁村的三颗牙后
便明白　老槐树下
应是我灵魂的故乡

## 北京蓝

舒 喆

北京蓝
蓝过了期许
北京白
兀自纯洁

我不敢说我爱你
也不会说我不爱你

我在这个著名的夏天
遇见了你
遇见了北京蓝

## 乌 鸦

堆 雪

更多时候,它是我心里阴影的一部分
在太阳背面觅食、栖息。然后挣脱黑暗飞上天空
更像是万物的惯性使然,在暗示里生活得久了
也会被一阵热风或一绺乱草抛向空中

此刻,身处光明的人其实是不存在的
它完全凭借自己的意志和境界上升、上升
并且草率地成为一座山、一棵树、一座庙的代言
成为这个上午,四野空阔无声的领袖

## 人间剧场

李永才

在人间,每一个阴暗角落
都是一个剧场
一朵精致的牡丹,都会瞬间开成
一场倾斜的哑剧
夸张的剧情,可以引来
某些遥远的事物
就像这执着的人间
每一次阳光来临,都比一只麻雀
更加肆无忌惮

而一个春秋之后
云门寺的钟声,比小和尚的光头
更具有佛性。既然一条鱼骨
可以刺穿,世道人心
那些伪装的画皮
就不需要,再一次去揭开

三千过客醉花阴。每一次闪烁
都有一种隐约的疼痛
多少风起云涌,从头顶流过
而我却并不知道
初开的向日葵,与一群少女之间
有什么不一样的因果?

## 轻巧的事物

沈秋伟

我喜欢轻巧的事物
譬如在夏夜听风
在冬天咬雪
在飞驰的列车上思念

轻巧的事物令我神往
譬如你香腮边的浅笑
是心池映出的彩霞
微风欢喜着轻拂过水面

但轻巧的事物如此易逝
譬如天上神秘的彩虹
美人鱼游过时激起的涟漪
你转身时卷起的香风

好在轻巧的事物总是动人
蝶翼之美在远处闪烁
我醉心于这灵动的瞬间
最终在你美妙的诗句中臣服

我喜欢轻巧的事物
虚度的时光抚慰了平庸
生命的班列渐行渐远
那些善小的神祇相伴全程

且在我散淡的构思里筑巢
词语的柴火多么温情

## 虎丘送客图

肖华来

茶已冷。诗友也早已
披着剑池的水光,走出这幅卷轴
主人的酒兴,却尚未阑珊

在午后,他用踉跄的步履追了一会儿云
追了一会儿起舞的蝴蝶

然后偃卧。在临溪的松荫下
谛听清风,谛听自己从琴弦上滑落的
隔世心跳

## 走马青海（节选）

陆 子

1
天很低
云还要很低
好在我的个头不高
可以随意走动

3
绿的是草原
白的是雪山
牦牛，一片一片的黑
但不妨碍蓝天的蓝
水洗过的一样明净

5
青海很大
但青海的青
却不裸一座山头
似乎一波一波的草浪
都是为绿的激情活着

## 一条河流给我的幸福

小 语

是太阳退下
才让你如魂一样高挺
颤魄的夏夜
面腮阴差阳错地躲得远远

我们总是幸福的
有一个长寿的窗棂看见世界,与
赤水河的倒影并肩同语

都市是吃肥的钢筋水泥
而我的眼睛瘦如火柴

很多时候一根小小的火柴点燃幸福
也点燃遗憾
遗憾是乡愁眼睛里长出的逶迤
再弯,也是回家的路
正是赤水河淌过的路如此干干净净

## 妈妈的长发

祝雪侠

始终如一
妈妈坚持自己长发及腰
多年来我一直想动员她剪掉
可是妈妈从不妥协

在妈妈心里
她要一辈子长发
而我觉得老人短发简单
我始终没拗过妈妈
她现在依然长发飘飘

只要回家
我喜欢帮妈妈洗澡
给她梳梳头发
妈妈一直发质比较好
近十年才开始有了白发

长长的头发如瀑布
每次梳头
她总说我扎得不够紧
我怕弄疼她
妈妈喜欢扎紧头发才算梳理好

## 我与海从未有约定

夏　花

陆地上活了半辈子的人
第一次来到海深处
和以往的海边不同,却也不陌生
看日出日落,吃一日三餐
与海四目相对,像两个久违的人
向海平面极目,测量我爱这人间的深度

我与海从没有约定
也从没想过,必须有一场专程的探望
人说真爱会一直在,等着某次偶然

比如此刻,一夜颠簸
光透过列车窗打在脸上
闭上眼,微微的起伏中潮涌,潮落
分明,海就在心中

## 太阳每天会升起

卢 辉

高铁是饱满的,站台是饱满的,送别
是饱满的。一双眼
提前到达目的地,速度是饱满的
沿途的高楼是饱满的,标语是饱满的
桥梁是饱满的
河水是饱满的
风是布袋子,装满清新的空气,风景是饱满的
因为树木站两边,生态是饱满的
都是中国人,身份是饱满的
一杯水是饱满的,笑容是饱满的
书是饱满的,绿色多多,车窗是饱满的
太阳一出,中国也是饱满的

# 影 子

林秀美

身边的影子
总在阳光下出现
而我
总是把影子
当作光芒燃烧后投射在大地的植物
而把不同的影子
当作另一种光芒

那些黑色形状影子
或左或右　或前或后
或长或短　或大或小
执着着前行
它更像另一种世界的花朵
以最低的姿势匍匐大地

有些时候
我努力站直身体　影子
仍然弯曲　不规则　变化着
还有些时候
我绷直了身体
却无法找寻身边的影子
而此时，太阳挂在正当空
或者
所有的光亮开始关闭

黑夜里我虚掩了自己

随行的影子
阳光下构筑着黑色
映衬着阳光
让光明在黑色中越发清晰

## 坐在高铁上还嫌慢

田 湘

一生都在追求快。当我坐上高铁
一小时把三百公里的风景揽入怀中
忽然两眼放光：这么快
像古人持令牌从天而降
闯入某座城池，对某某叫到
拿酒来。然后把满城月光一饮而尽
多么浪漫与霸气。还嫌不够
这种快也让人闹心：眼前的风景
来不及仔细欣赏就已消失
一首诗刚写好，正在润色就到站了
坐在身旁的人，刚想认识就走了
更不用说，抵达谁与谁的内心
纵有穿墙术，也无法穿越到古代
向李白讨要一首堪比《赠汪伦》的诗歌
某种东西似乎永远也追不上
坐上高铁还嫌慢——不
一切皆快，唯有自己慢
更可恨的是，看似活得很慢的人
忽然就老了，白发像雪花开满脑袋
且越老越急：一封封加急电报
像皇帝命令谁谁去追逝去的青春
追越来越远的事物及梦想
只恨自己不是疾驰的流星和闪电

## 石头可证明

冰 虹

星,写满了我的天
从中,我读出了超现实主义的意境

不是的,这不是被渲染了的感觉
不是一本书里漏写的内容,石头可以证明
我和新春相遇的一瞬
就连我的影子也复活了它的激情

我爱这样的意境
它之于我,就像一场清风
之于一湖水,就像道道闪电
之于茫茫夜空

## 盛春的这一场花事

赵 琳

不得不提前结束这场花事了。春风春雨
催开花蕾的温度，正被一只善变的手掌替代
高高举起，如果倔强还不收敛
手掌就要落下

好在我已倾听到很多种花开的声音，无须揣测
这些花儿以怎样的心情绽放
搁置在荒无人烟的旷野
与花为伴。远离高楼大厦，车水马龙
忘却光纤，手机，邮箱，案头
人山人海的人群
这个春季，我可以一反常态
向一朵卑微的野花致敬

好在我已凝视过开放到凋落的过程。不用隔靴搔痒
在别人亲临现场的欢愉中侧目妒忌
一条蛰伏在春天的无毒花蛇
鳞片张合之间，已从春天的这一头
移动到了另一头
所有的汽车，都将在新的一周开始
陷入新一轮焦虑

好在双休的周末来得恰逢其时。能让我一头
扎进文字与自然对话的空灵之境

即使我忽略了高深的仙山古寺
也不能拒绝从一朵花身上
获取重生的欣喜
我的幸福，从一脚踏入春天，就已注定

八月

# 卸　下

梁　平

卸下面具
卸下身上的装扮，赤裸裸
南河苑东窗无事从不生非
灯红与酒绿，限高三米
爬不上我的阁楼
南窗的玻璃捅不破，不是纸
满目葱郁，有新叶翠绿
滴落温婉的言情
真正的与世无争就是突围
突出四面八方的围剿
清心，寡欲
阅人无数不是浪得虚名
名利场上的格斗，最终不过是
伤痕累累，体无完肤
把所有看重的都放下，就是轻
轻松谈笑，轻松说爱
轻轻松松面对所有
任何时候都不要咬牙切齿

清淡一杯茶，润肺明目
看天天蓝，看云云白

# 夜半时分

庄伟杰（澳大利亚）

白天煎熬。畅饮
夜色酿造的神秘汁液
安然进入梦乡。一觉醒来
已是夜半时分。独坐，静思

奔波于人海，肉身太过沉重
尽力将时光交给无忧
用灯光温一壶激情下酒
或借月光沏一泡浓酽工夫茶
款待自己，释放内存的力比多

同时，学会把回忆和欢愉留给未来
留给故乡那棵四季常青的古榕树
让神气的飞扬如虎跃似龙腾
让心情放牧为野鹤，或者闲云
安顿，并且拂去落满尘埃的灵魂

## 春天的雄烈马

彭惊宇

春天的雄烈马,拉动日月的车轮
驶过你的桃花庄,驶过我的杏花村
它意气昂扬的蛮劲儿,让大地都沉醉了

春天的雄烈马,浑身散发出浓重的汗膻味
太阳唤醒了它的睾酮,也唤醒了它的魔力
它情欲膘实的臀腹在闪电般颤抖

春天的雄烈马,愤怒于勒口的嚼铁和缰索
它要极力挣脱这一切,像咬断那根狼脖子
它奋起披肩的鬣鬃站立成狂猂者的塑像

春天的雄烈马,眼眶里满是桀骜的神情
满是人类奴役它的鬼怪脸谱。它幻想
一群枣红色的母马,已成为王国领地的后妃

春天的雄烈马,抛下形骸,像一匹裸奔的火云
飞上了西极的天空。它在腾腾踏踏地歌唱
它化作日冕的烈焰,在焚烧这个禁锢的世界

## 我在台湾海峡数鲸鱼

杨小滨（中国台湾）

无聊的时候
我就去台湾海峡数鲸鱼
他坐在软绵绵的云端
看它们喷放节日焰火，也常常
不小心把鲸鱼数成鱼雷
海浪唰唰，奏出迎宾曲
细听之下，还有晴天霹雳喊出
嘶哑的口号，仿佛庆典
就要开始。我远眺
却望不到西湖上的莲花
更找不见东海神龟的鼻子
巨鲸悠然徜徉在浪花间，有时
鲸须也露出笑容，被吞噬的
鱼虾们像是挤在新建的游乐场
我捏住云的裙边，闭上眼睛
仿佛也已融化于巨鲸的胃液
哼着童谣，沉睡

## 虚构的书房

吴投文

在书山的埋伏中,我露出头顶
这是岁月强加给我的萎谢
白雪堆积在我的头额上
我扛住星空之上先哲的低语
我是一个小老头,与人群隔离
当黑夜降临我的枯槁,我关上灯
独自坐在黑暗中,听见先哲的步履
轻轻响起,我抑制内心的激动如空旷的原野
这就是我沉闷的日常生活吗?我需要火把
照亮内心的暗角,却不是一百只天鹅的歌唱
我需要一本书讲述命运之谜,却不是月亮
照在窗棂上的神迹,其他的我都不需要
我已经习惯沉默,变得猜不透自己
但丁的铁石头像使我恍惚,我看不见他
只看见他的地狱在波动,难道我需要
他的流亡而变成铁石心肠?我哽住呜咽……

## 每当母亲弯腰

唐 诗

每当母亲弯腰,就是一阵剧烈的咳嗽
我听到她的腰里有许多东西
在相互碰撞。比如镰刀、锅盆碗盏、针线
比如水桶、扁担、扫帚
比如小麦、大米、棉花、高粱
比如鸡啼、狗吠、鸭叫
比如朝霞、月光、灯火、药罐、花草
以及院后竹林的风声
和院边老槐树的伤疤和清香……
它们让上午弯腰
让下午弯腰,让夜晚弯腰
我听出了母亲的腰上有骨头在折断
有冰雪在嚓嚓地响
有一种倔强在暗地里冒着火花
我急忙搀扶起母亲
如同搀扶着弯弯的月亮
我赶紧为母亲捶背,我的身上
瞬间涌出 S 形的痛
为了母亲的劳累,为了千千万万个母亲
天高地厚的养育之恩
我愿意代替母亲腰上的疼
让母亲直端端地站立
像她年轻的时候,抚着花枝微笑

## 星期天上午

冉 冉

从擦玻璃的钟点工那儿取出舞蹈
从燕子的飞翔中取出波涛
从果实的跪拜里取出颂唱
从你的哼哼中取出经文
如此取悦自己
是因为大清早你叫醒了我
是因为突然间想起
我是你的主人　我自己的主人
是树梢和白云的主人
是花香和尘埃　汽笛和流水的主人
我快乐　它们就春风满面
我忧伤　它们就被忘却

## 十月二十二日：深秋的月夜

施 浩

最初的月亮升起
使草莓显得高大些
蝙蝠开始从这里飞走
它们空下的巢
使那些奔走不息的候鸟
围过来，休息。现在，它们
多像是蝴蝶。或者蜜蜂
在风中穿行。在花蕊里流露爱情
月亮照着。它们兴奋地颤动着

候鸟把白天的疲倦藏起来
把采撷的食物和途中的惶恐收敛在夜里
谁能知道
它们为什么要飞到湖泊和岛屿
它们在春天坚定地飞出
和在今天坚定地回到深秋一样
青果和草地已在枯谢
候鸟将在这里栖过冬天

## 悼诗人江一郎

涂国文

春天来了。诗人走了

这个消失在春天的诗人
他是跟着一场大雪从人间撤退的

像一只雪后的白鹭
伸展着一双被雪擦得更白的翅膀

从河流上飞走了

这个一生与雪为伍的人
他的人生也是一场皎洁的雪

他把春天留给大地
把百花盛开,留给人间……

# 大河书

王彦山

客居这座中部城市的多年
一些事物暗中起着变化
只有身边的这条大河
几乎一动不动,匍匐在
我们脚下,它时而丰满
但不垂腴,瘦,也不露骨
偶尔高涨,也有失落的时候
总体上是个好脾气的老先生
横亘在它腰身上的一座大桥的桥头
蹲着两只猫,一白一黑
从猫眼望出去的,是一城变幻不定的
灯火和川流不息的鼠民
很多外地人来到这里
爬上这座桥,看看这对猫
顺着猫眼的方向,看看江南
夜色中那座被不断登临
却不再产生伟大诗篇的高阁
一切都在建筑,一切都在流逝
我曾站在十楼,捧着一杯茶
久久凝视这条大河和附着在
它身边的景物,我感觉到平和
一种万物皆空的恬淡,缓缓地
如一艘采沙船驶过江面

## 铸　剑

夏　吟

那一年,你在风雨交加中离开时
我仅仅是个会写诗绣花的女子
关于我的诗和绣花,你说:
读一首是感动,读一千首
还是同样的感动,你绣的花
也不过表明你是平常女子

在等待你沙场归来的日子里
我学会了为战士刮骨疗伤
并迷恋上了坚硬的打铁手艺
我的武功在铸造铁器中炼成
我在铸剑的过程中
练就了一种绝世秘籍

当你从沙场归来
你舞动起我铸造的长剑
发出了一声声长啸
你试用过我铸造的宝剑后
你说:现在你已经超越了平常女子
你可以随我一起征战沙场了
走吧,我们一起闯江湖去

## 山的记忆

徐 明

年少捡弹壳的战壕呢
当年溜木材的沟壑呢
山的轮廓
不再被蛇形小道捆绑
丛林遮蔽昔日疮痍
葱翠中透着美丽
山已默默长回了自己

仰天望云的那个山冈
落叶肥沃了贫瘠
拼着命要挑回家的柴草
已腐朽成灰色往事
唯有那一汪泉水
依旧从低处涌出
清亮了整座山的记忆

# 死亡之岛

### 许耀林

从现实看你
你早就与世隔绝
四周海水包围着你
绿色树木遮拦着你
一千多个死魂灵也绝不会
让这个小岛有一分安宁

我在船上
隔着海水望着你
从内心不愿走近你一步
谁会去沾上死亡二字
相反
谁都会走向生活
向新生活进发

## 在成陵看成吉思汗

杨四平

为什么古代帝王都长着一副"国字脸"?
小女不经意地询问

我凝视着画像里成吉思汗的脸
再看看他的弯弓、金鞭和头盔

他洞穿欧亚大陆的双眼
映现出马背民族的历史传奇

许多当代枭雄前来凭吊
心情复杂,只写下自己的姓名

我从南方千里迢迢赶来
在汽车的颠簸中写下了这首诗

## 看 见

陈小平

我住在一个古老的四合院里
看见一棵百年枣树在夜里抽烟

风,吹落一地成熟的种子
多么像对往日的祝福和道歉

岁月如烟,笑意浅浅地轻倚窗前
仿佛正缘起生命觉醒之花

屋子里传来儿子的梦呓:爸爸
我爱你,这是我们的秘密哟

这晚,京城的晨钟暮鼓说:
生活就是一把长长的椅子

## 夜长安

程绿叶

风,在楼宇之间自由舞动
星星挂在护城河的脸上
霓虹跃向高远的天空
灯光在我心里,像一种发明

今夜。吉他的节拍过于兴奋
低于击打着皮鼓的心跳
不断晃动着液体的酒杯
倾斜
点燃了隐藏的火焰

羊肉串和老北京的腔调
在现实的炭火之中
滋生的欲望
锋利而又迟钝

城楼的基脚风雨不摧
我们十指紧扣成门环
长安街,用一生丈量
也太短

你还来吗?
我给街头的阿炳

那么多生活
你说过：我是个好女孩

## 一个球形的江湖

邓 涛

所有的开始有点唐突,结束显得轻率
时间的巨眼,没有什么庄重与悲痛的事情
我们以生命的存在形式
在一个球形的江湖自娱自乐
更大的江湖,比如宇宙
我们的快乐、忧伤忽略不计
每天面对高远的天空
我们养活自己,养活亲人,做家长里短中的小人
我们的思想在世俗之上努力前行
我们关注细节
关注流星瞬间的美丽,关注稻穗摇曳出清香的词汇
活在彼此的怀抱里
我们就是彼此的重量和江湖

## 同温层

*方群（中国台湾）*

中气层以下
对流层以上
习惯水平移动
缺乏垂直运动的思维和素养

本质是过气的气象旧名词
转身围成网络舒适圈
同人温度总是恰到好处
小鬼容易燃烧
老头趋向冰点

真实的状况是离地面不太远
厌世的臭氧默默吸收紫外线
我们享受这样的简单循环
演化恒温星球的平凡生活

## 你带走了我身体中最湿润的部分

季 冉

尽管在浩荡的河边分手
谁也没有落下泪水
也许，短暂的相遇
来不及沉浸，便是告别
也许你我在心里早已交换过
彼此最湿润的部分

这是多么沉重的代价啊
你走到哪里，哪里大雪纷飞
我走到哪里，哪里火光冲天
而最大的火，燃烧在我的心上

消灭它，九城消防联动都是徒然
消灭它，只需你的一滴泪
是你，带走了我身体中最湿润的部分

## 空响的光线(节选)

蒋兴刚

**婺源的早晨**
　我准备把窗外的每一声鸟鸣都带回家
它们带着各自的羽毛

它们来自毛茸茸的山坳

它们向我问好,漫不经心
像喝了露水的树枝轻轻动了动
又动了动

**误入**
我想把山野的绿,捋一捋
才知道风的多面
仿佛一头毛茸茸的怪兽不愿被我的
心灵触碰
拐过一条无名小溪,那条路是谁的路
苦涩的艾蒿、淳朴的蛙鸣
古老的光线缓慢而安详地流淌

**起风了**
　起风了。我们在篝火边跳舞
没有停下来的意思
风配合着大家

"掀起你的盖头——"
整个晚上,风像个懂人心思的大姐

## 剃须帖

柳必成

这把年纪了,还在乎一张脸干什么,非得
雷打不动,铁律束身,剃
年年、月月、日日,真干净

早想金盆洗手,顺其自然,留一片黑暗
或者脏水、污泥在嘴边,奈我何

有时又想,天生一片盐碱地,天不下雨
只刮风,多省事,终生可避持刀之险

无奈之下,找出一条歪理邪说,还怕人见笑
只因,我学不了关二爷,美髯公重情义
更当不了马克思、恩格斯,大胡子横扫世界

# 下午茶

丘树宏

一袭袭黑色的燕尾服
给堂皇的大厅
添上些许儒雅
一把把可爱的小阳伞
在绿色的草地
盛开朵朵白花
点心的清香飘出
一个个惬意的日子
舞步的曼丽走出
一句句私密的情话
白天即将过去
夜晚即将降临
人生最好的一段
就在当下
你我最幸福的事情
就是一起叹一杯
中国的下午茶

## 弦 歌

### 弭 节

在晨光下的石拱门
有人动了心律的琴丝
当微风吹过湖面
便响起千万声的弦歌

歌声飘荡在西北的高楼
染着血痕的手指
还在不停捻拨
回转的曲调
随正午的烈阳
穿透荒寒的广漠
有人在楼底
望着遥隐的楼尖
默然不语

歌声飘荡在汉阳的渡台
尾端焦黑的桐木
还在不停呜呼
峨峨高山　绵绵流水
一直在等待
来自天际的归帆
有人在崖边
立在暮霞的中央
被镀成暗红的雕像

在月光下的月亮门
有人动了心律的琴丝
当微风吹过湖面
便响起千万声的弦歌

## 世间最好的女子

涓　子

用花朵形容你未免太过肤浅
有哪一种花能阅尽风霜
依旧艳丽无双

用水流比喻你只怕太过浅薄
有哪一道流水能历经坎坷
仍然清澈纯净

用珠宝描绘你兴许太过浮夸
有哪一种珍宝能不经照耀
绽放璀璨光芒

翻过最繁复最古老的字典
阅尽最沉寂最离奇的典故
找遍最丰富最深沉的字眼
你是光明的　是温暖的
是内敛的　是闪耀的……

你是坚韧伟大的母亲
站在高尔基的书页上传世
是娇羞温柔的新娘
在伦勃朗的画笔下一笑倾城
是甜蜜芬芳的少女
在民歌的旋律里采茶如蝶

也是坚毅如山的战士
在《木兰辞》里凯旋

## 为生而生

### 眉 儿

幸福的花朵流下热泪
比莎士比亚的悲剧更为忧伤
熟悉的草原在城市的山顶
显得更加辽阔
企图瓦解喧嚣

我笃定自己是为生而生
怀疑着那些为死而生的人
希望他们对乐观有所了解
他们的晴天如准备感冒的雨季
他们的雨季如阴天在长叹悲泣

把灵魂从万物中分离吧！
或沉入万物中，遗失灵魂
做一盏灯，明亮如戒指
希冀如白昼，欢欣雀跃
充满阳光

不做静默的遥远和孤单
不做深沉的满布繁星的夜
一个微笑就足够了
足够为生而生！

## 留　白

嗯　呐

鸟儿说，我从长风跌落
不为疲惫
只为给天空一处留白
让那白云飞度
鱼儿说，我在浪花里沉没
不为凶险
只为给大海一处留白
任那百舸争流
星星说，我从夜空隐遁
不为消沉
只为给大地一处留白
随那月色如洗
佛说，我用须弥点亮佛灯
不为指引
只为给心灵一处留白
让灵魂坦荡、宁静
你说，你从我的身边走开
不为放纵
只为给自由一处留白
任那豪情万丈，任那心智无边
我说，我用泪水涂抹生灵
不为悲哀
只为给岁月一处留白
让那历史随心所欲——

让后人书写未来

渺小,不过一粒尘埃
尘埃落定
世界只剩那一处留白

## 拜汪伦

彭 桐

你已等了千年,静如桃花潭
来看你,我无法两手空空

你的墓碑已有风雨的残迹
你的祠堂已有岁月的留痕

有人说你千古留名
在于酒在于歌在于李白的诗

我想说,也知道你在听——
在于情在于义在于你的真性情

桃花潭永远倒映着你的身影
一如青弋江记录着李白的帆影

我给你三鞠躬,你送我暗语
从此,只会歌者的诗人如我
学会了,该怎么
寻找李白一样在世的人

九 月

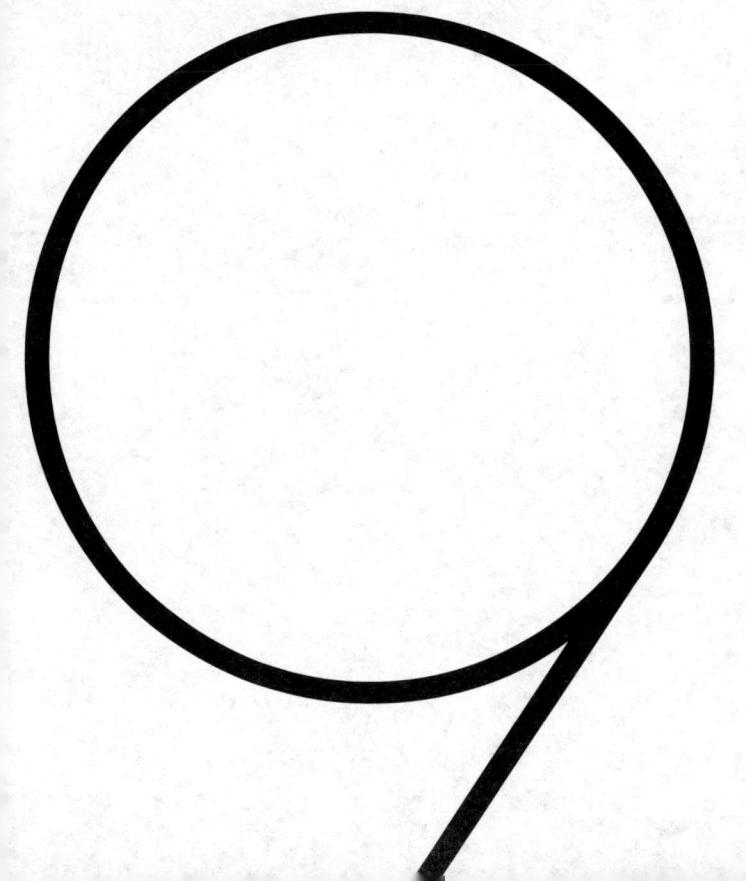

## 我恰巧走在那条路上

**鲁若迪基**

这条路有点偏僻
我踏上去的时候
前面走着一个
穿短裙的女孩
她发现我以后
步子加快起来
也许我的步子有点大
她开始小跑起来
但她的高跟鞋不能
让她的速度更快
她不停地回头看我
内心的慌乱
在她零乱的脚上跳跃
看到她那么紧张
我只得放慢步子
甚至东张西望
与她保持一定的距离
可是,这样的结果
越发让我不自在
到头来
我已迈不开步子
索性蹲在路边
成为一块石头

## 巴丹吉林岩画：鹿、盘羊与骑者

杨志学

一只盘羊
在漫步
像个思想家

而一群鹿
在不停地有节奏地奔跑
像运动员，也像诗人

此时，骑马的人
就从羊和鹿的身边走过
他是猎人，是大地上的旅行者

## 转 动

第广龙

探秘的人
把自行车遗忘在树旁
找地图去了
自行车长进树木的肉身
车轮在年轮里转动
更多的梦想
通过光合作用
长出纹理
树木的内部
出现了一条跑道
通向高空
斑驳的光影
在旋转

## 护烛者

扎西才让

破烂窗户里漏进一丝冷风,将烛火
吹得摇摇摆摆的,眼看就要熄灭
瘦弱的女孩慌忙护住光焰

她护烛的侧影,恍若一尊雕塑
那祈祷般的手势
被烛光投射出温暖的红色

烛火燃烧产生了一点儿烟
但这并不影响
老人凝视孩子的眼神

即使烛火熄灭,人也不会陷于黑暗
老人清清楚楚:正是这个女孩
给他带来了全世界的光

## 宣纸上的蚂蚁

林之云

一只小小的蚂蚁
在宣纸上
爬得不知所措

有味道的汉字
迷惑着它
也熏晕了它

在白与黑之间
在有形与无形之间
有很大的问题

误入歧途的蚂蚁
经过一番挣扎
最后还是死于笔墨

## 吞食太阳

田　放

以最前卫的科技手段
克隆出一轮太阳
放到我们共用餐桌上
肃穆庄严地享受
最后一顿晚餐

吞食过太阳的人
自己也会变成太阳
当世界被大大小小的太阳
站满之后
从此就再也不会有黑暗

来　给你刀叉
切下你最喜欢吃的那片
不要厌恶浓烈的海腥味道
太阳在洗海水澡的时候
把海的魂魄吞吃了
这就是她仁爱宽容的根源

食过太阳之后
我们就会集体涅槃
告别无尽的痛苦与私欲
以崭新的生存状态

活在最高的精神境界中
没有战争　没有死亡

## 在云浮拜谒六祖慧能

王若冰

当我爱上芦花、秋风和明月的时候
菩提树上落满了觉悟的星辰
当我移步向南,追随一册古老的经卷之际
北方大地已经秋风怒号,遍地黄叶

多么辽阔的人世啊,荷花开败了
沉静的水塘接纳了闪光的云朵
灯火熄灭了,还有一颗见性成佛的心披星戴月
在泥泞的尘世怀揣明镜,逆风前行

## 一世迷途

王 忆

秋分把叶与根分成
天与地的两端
风,缓缓吹过
以很轻柔的姿势
将那片还泛着青的叶
带向了不知名的远方

秋分提及寒冷尚且过早
但就是有这么一股刺冷的秋风
把两个人拆分成得两半更加零碎
一年又一年,一季再一季
秋从来都不是欢愉的节日
我以为四季变化只是为拉长
彼此生命中越发长久的轮回

秋风起舞,云深不知处
你离开后的每一步
印记着我独来独往
欢喜伤悲
当有一天你蹒跚却步
但愿依然不知
你是我一世的迷途

## 一个傈僳族老人

五 噶

七十九岁的他,要到邻村去看望表妹的他
在半山腰靠着棵老树睡着了
寒风吹落了老树上最后三片枯叶
这枯叶,一片飘进他的梦乡
一片飞入他的童年
一片轻轻落在他如雪的发上
暮色已沉
严冬将至
他会在大雪来临前醒来吗

## 剪 影

杨映红

把你
剪成影子

镂空的情感
呆板的色彩
贴在墙上
似画

剪影
贴在床前
似月光
把梦装点得斑驳陆离

把剪影
凉在冬夜
似冰凌
封存对你的爱恋

透过剪影
我把你还原

## 初访少林寺

朱文平

在门前立定
请年轻的女导游帮忙拍照
留念　古柏参天　庙宇
在历史的叙事中异常宏大
人却显得如此渺小

空荡荡的嵩山坳
传来一声乌鸦的叫声
仿佛多年前那个月夜
打碎的一个
空酒瓮

循着阵阵松涛　缓缓
绕塔林一周　走出山门
我是第十四个武僧
极目平野
横扫秋风

# 交　会

方明（中国台湾）

**无法踰跨的宿命**

前言
两代不同时空的坐标，只能在重叠的纵横轴上做有限的感触与了解。父母与子女无法重叠的风采与凋萎，是人类永远之隐痛及宿命。

你无法目睹曾有怒放的风采
流连踏月赏花
用漫溢热忱的温度
揣量春天各种味蕾
有时刻意迎着淋漓风雨
将丰饶的感触成诗
或躲在一段若即若离的恋爱里
喜愉与泫哭
（你无法臆测我跌宕不羁的轻狂）

你却惊见皑皑落落的斑鬓
以肃穆无言来阻御世情的拍击
没有任何可解的风情
仿佛对上苍派演的诡谲剧本渐渐释疑
反正所剩的夕阳只够煮沸
一壶仅供回忆的酽茶
（你何必认真思索我的谦谨木然）

我熟稔那牙牙匍匐的乳味
每啜吮一口便吹大青春的气球
纷缤瑰丽且任性涉险
偶有伤痕也能迅速纾解愈合
惯用疼惜与怜悯编梦
以真理呵斥灰暗衍生的伎俩
（或有运气陪着你结发后
另一种栖息
重温多爱多虑的养育生计）

我无法悲忡你在摇椅晃出的瘫痪
佝偻的背脊与抽搐的颜面神经
亦不必撞见你游离的皱痕
竟是流光将童真雕镂的凋敝
此时，我早已用恒睡抗拒这残酷的悸栗
（我们彼此陌生
我的青春　你的垂老

在分歧的时空里
相互　无　法　端　详）

## 在高铁站

阿 斐

我知道天上有眼睛
正在好奇地看着我们
穿过头顶坚不可摧的屋顶

它看见一只只
黑乎乎煤球似的头
像我们看显微镜里蠕动的细菌

为什么我总有一种莫名的忧伤?
因为我不知道自己
是细菌,是煤球,还是天上的看客

## 小船工,不喊疼的水

陈惠芳

来来回回,划水
水都划疼了。水不喊疼

远远近近,过渡
远远的,像一只水鸟
贴着水面,缓缓地飞
飞近,水鸟变成了人

老船退休了,翻扣在岸边
啃沙子,啃杂草
新船下水,慢慢地
也有了沧桑
水不喊疼,走水路的人
也不喊疼

# 阿 吾

**单增曲措**

阿吾
爱你
世界上那么多的人
除了你
都是多余

我给你佩戴的藏刀
可以斩断
锈迹斑斑的执念
阿尼巴桑说
是刀刃挡住了我的眼睛

## 团泊洼秋天滴血的残阳

段光安

团泊洼的秋天
雕刻风景的刀
滴血

枯槁的芦苇
渗血

一位血肉模糊的战士
与太阳角斗
直到残阳
流血

他提着自己的头颅
胸腔不停
喷血

将溅血的头颅抛向西天
沉入湖面

涌血
四溢

## 老虎自画像

高作余

蘸几斤秋雨,三两火苗
一撇一捺,把浔江送给大海
老虎登船,我则登上历朝历代的老虎
抚摸他,接管他体内的风风雨雨

俱往矣,老虎漂洋过海
空留大好河山,他的声声慢
他的销魂腔,用一树落花重塑一虎
用滔天巨浪做他雪白的牙齿

用险峻的山道做一副虎骨
用就用他,用剩的杀气
来做一场铺天盖地的台风
三日之内,台风必至,这次我决不绕道而走

## 罗亭的初秋

洪老墨

今天到访罗亭
橘红色花,已静静挂满丹桂枝头
绿叶,也悄悄萌出了红意

已是初秋,尚未离去的闷热
让到访的诗人忽略了秋的到来

于是,这簇簇张开的红唇
吻去了来访者胸中的郁闷
这摇曳柔嫩的手指
拂去了采风诗人眼前的昏尘

已入初秋的罗亭,呈现为一个倒影
一行赞美诗开始倾斜
犹如一种人生观,被翻过来审视
行走于黄金的弧形天穹

## 深秋,月有铁的锈迹

剑 东

我曾经走进很多个深秋的月下
并在其中驻足
眺望过的秋之深处
鸟兽足迹和静谧多么诱人
没有路,路消失了
还有来时的脚印和悲伤
来时,我拒绝了流水与花朵的欢颜
如今,被眺望的深秋
月有铁的锈迹
那是时间之初第一个亡灵
耳鼓里藏着的关于生命弧线的秘密
没有路,就像我们来时
往哪里走都是远方
眺望着隐约传来的鼓声
什么都看不到
包括我们的微笑和迷茫

## 厌食症女孩

孔令剑

你牵引未来的双手
透着冰凉,仿佛
你已放飞的日子
在空中,温度下降
而你依然在坚持
即使忍受风的饥饿
即使在夜的空空的胃里
你也要把自己身体里的忧伤
轻轻,安放在梦的边疆

## 在观音山，我卸下心中的重和痛

乐 冰

我常常面对一尊佛像思过
内心的不安
让我对沾满灰尘的生活愧疚、悔恨
我发誓从今往后要参禅、修心
不再对生活沮丧、抱怨

我从观世音慈悲的眼神里
看到一颗包容之心、宽厚之心
尘世的苦难，在她身上聚集了更多的美德
相比之下，我遇到的苦难与不幸
不值得一提

是不是我的心里填满了太多的尘土
患得患失，失去了自我
观世音不说话，她像一本大大的书
装得下春天，卸下了我心中的重和痛

## 秋水长天

冷燕虎

天高地阔　流水明净
这让我想起诗歌的样子
风微微吹　我曾春天过的树木
轻轻摇曳　绿光四溅
仿佛美好的旧时光
千遍万遍涌上心头
这时候　万物归仓
丰硕的鸟鸣捕捉大地的修辞
而我总无视当下的风景
忧心苔藓般的记忆
偷偷改写寒凉的出身
害怕蓝天一贫如洗
害怕大海情不自禁

## 云海之上

李 东

恍若梦境,巨大的钢架结构
震颤着闯进了迷雾世界
嘶鸣声起,后退的云层
被巨大的机翼切割,又迅疾合拢
恰如一尾鱼浮出水面的过程

耀眼的白,大海般浩瀚
白茫茫的远方,像升腾的雪域
虚幻而又明亮
把经验延伸成斑斓的童话

机窗外,滚动的云朵
不断变幻着轻盈姿态
不羁的白马,水晶城堡,巨轮
这些奢侈的艺术品
在云海之上稍纵即逝

## 华山论剑记

李林芳

一道山峰挽一朵白云的剑花
一道山峰抖动狗尾巴草的剑穗
双剑合璧的瞬间，清风挑开一条空隙
摆渡车缓缓而入
在山下，三个小时的排队等待
胸腔里，提起了一口长气
八分钟缆车行程，山峰晃动，化作乱剑
寒光剑影里，凌波微步的人
因为恐高，心绪七零八落
北峰云台上，抖抖颤颤，只想站直身子
南峰落雁，西峰莲花，东峰朝阳
我也想鹞子翻身，至中峰，做玉女
人生惶恐，却已没了剑胆
只有脚下浮云，升起缕缕凉气。已到中年
经不住斧砍刀削，不敢想人间有胜境
下山的时候，我一步一颤
像一个被剑气伤了的逃兵

## 白 露

李 强

白露露出白白的身体
棉桃露出白白的身体
小姐姐要嫁人了
她穿起白衣白裙
走出闺房
走在白白的月光下

白的露
白的光
白的温度计
白羽毛落了一地
哨声中挣扎跃起

两手空空
步履迟疑
镰刀与车轮撞在一起
沉默与自白撞在一起
目光与目光撞在一起

没撞出火苗
撞出了白露晞

## 椰子树是伟大的思想家

马启代

饭餐后,沿日月湾散步
天色将晚未晚
大海忽然平静下来
仿佛海仙们都跑进了灯火璀璨的夜市
一排排椰子树沿路站着
它们哪里也没去
笔直,高大,纯粹海南的样子
沉默,安静,好似正在沉思

刚刚,我双手捧着一颗硕大的椰果
贪婪地吮吸着汁液
此时感到,仿佛领受了大自然的馈赠
它们就是伟大的思想家啊
要知道,作为思想者
面对海啸和台风仍如此毫不畏惧地昂首挺胸
一想到人,我就无地自容

## 我的影子

娜斯佳（俄罗斯）

慢慢地走下去
微弱的灯光
小虫的声音

慢慢地看下去
远远的路
一颗忧虑的心

慢慢地听下去
还是熟悉的地方
还是原来的路
还是我的影子

慢慢地停住步子
发生过的一切
就让它远去吧
我的影子永远是我的

## 镜头里的税月

游 华

一些猜想
随一叶浅秋尘埃落定
终于走出了夏的燥热
所有的日子都在新旧之间更迭

镜头此时带着八月的热诚
站在九月的高枝瞭望

谁也阻止不了镜头的欢唱
尤其是在税制改革运行的年代
及时聚焦每个时期的热点
大光圈诠释每一位税务工作者
阴晴圆缺的脸谱
小光圈透视税收发展与未来
快门速度紧跟新时代的脚步
长焦拉近与纳税人的距离
敢于曝光所有存在的问题
在微距下查找每个容易被忽视的细节
无须闪光模式
所有的工作都在阳光下操作
用超广角全景式展示八十万铁军的风采
三分构图展现税务世界天时地利人和
在焦距的伸缩之间
哪怕是一微米

也能捕捉灿若繁星的税事变化
每一次按门都能触发思想的火花

用高调手段突现税魂之韵
低调感悟虚怀若谷的人生

镜头时而仰望
测试税务高地的海拔
镜头又不间断地俯瞰
那是站在税月之上
一览众山小的远大情怀
镜头永远是站着歌唱的

## 想跟你谈谈关于秋天的感受

张鲜明

不用你提醒,我知道
秋天来了
凉气正从头顶
一点一点往下滴

想跟你谈谈关于秋天的感受
你撂下一串雨声般的咳嗽
招招手走了

我拖着越来越长的影子
就像抱着一把谷穗在夕阳下发呆

## 在洗耳河,听鸟叫的声音

姚江平

最初的一声,从树林的一头传来
沉寂了几秒,便是一片
此起彼伏。澄亮澄亮的质感
叶脉上滚动着的一颗颗露珠

叫了,就这样叫了,一只鸟,两只鸟,一群鸟

太阳才刚刚升起,晨雾还没有退去
比树叶还多的日子睡了一觉又精神十足
出圈的山羊,咩咩叫着,又爬上山坡

## 一壶时光

陈相国

我在暖阳里
翻开你喜欢的文章
把寒冷驱赶
留下那年的月下
和没有倾吐的目光

冬天的脚步和你的脚步一样
在无声的惦念里
化成落叶呼喊
还有树干伪装的坚强

你朗诵里禅心的纯粹
抬手时简约的优雅
绝不是一瞬间
宋词雕刻的泪珠
平仄唱出的忧伤

你不在
我不敢老去
即便是最严酷的寒冬
也不忘玫瑰的芳香

等你

一杯酒
一壶时光

## 写在白露：秋木的真理

黄挺松

埋身于春夏的人间已久
白露，秋霜，他顺应的
只是天赋的宿命。彼时
他交出生活生发的一树繁叶
他裸露枝条，更必要的是
躯干。躯干才是他屹立的孤本

多么孤独。他开始羞于孤独
以此召唤伐木工——"伐去我
据空的主身——交给斧、锯、刨子
还有凿子。"他乐于走进
另一种生活，比如，成为一件家具

他要世俗的居民，在他内心曝出的
纹理上，摩挲出灯火的光泽和色斑
他的悲伤因此生动。安静的悲伤
更在于：有的人向他靠拢，来去无辜
有的人辞世，不会有愧于他而惜别

他悲伤的本质，将日益古朴于幽亮
直至不再孤独，朽身于圆寂之火

## 天空之灰

阿 B

由于天空是灰的
种种想法可以显示，可以被衬托
当然，你们可以在这个低垂的灰色时刻
把对海子的思念写上去
请相信，这比一张合影有感觉

其实，这天空的灰已到了时尚的边缘
不需要任何一种赞扬
还有一种时尚，就是写诗
一首接一首，给一个接一个的群
我默默地凝视着天空也在时尚之内
默默，也是一种淡灰色

此刻，大片花草因它的灰失去血色
我也抱紧东西而来的风
像是站立在一场饥荒之后的贵妇
冷，处于羞涩，发着低烧

你们可以明白这是海子式忧郁
所以灰在此日如若不动
一览无余的寂寞，一览无余的庄严
所有之后我代表你们欣赏着天上
不仰望天空怎么知道

你们也是被天空仰望的人间
灰,以灰的高级潜伏着,升华着

# 惜 墨

曹有云

须知
文学不是统计学
不是数字的无效堆垒消耗
更非书页的几何级增长拉长

写得少,但要写得好
慢就是快,少就是多

热爱日常生活
热爱词语的炼金术
哪怕热爱纯粹的形式
也不能迷恋空洞的数字

面对空白之页
虚怀空白之心
惜墨如金如命如死如生

十月

## 在你的房间里

王家新

在你的房间里,无论你的墙上挂的
是一匹马,还是大师们的照片
甚或是一幅圣彼得堡的速描
都会成为你的自画像

而在你散步的街道上,无论你看到的
是什么树,也无论你遇到的
是什么人,你都是他们中的一个……
你已没有什么理由骄傲

# 京张铁路

黄亚洲

我的肋骨排列整齐,并且全体向上,这就让我
容易把它们想成京张铁路
因此,詹天佑,这个拖辫子的人
总是在我心脏附近
爬动

满头大汗,心情紧张,有点神经质
他用门牙啃咬一座又一座的山
辫子像尾巴一样晃动,而这总是
我胸口发痒的原因

居庸关、八达岭,都在我的肺部呼吸起伏
铁路爬坡写下的那个"人"字
能让我的心肌,保持久远的健康

肋骨间常有汽笛响起,而这
也可能是我肺部的罗音
我当然会扫干净一切,我有那条
不知疲倦的尾巴

我自认为,詹天佑他认识我,每逢
他咬牙切齿,我就心绞痛

每逢他大泪滂沱,呼喊"成了成了"

我就口渴,咕咚咕咚满杯喝水
声若火车爬坡,发出"人"的响动

## 文武之道
——关于老谢大谢与小谢的诗

曾凡华

文武之道未坠于地,在人,贤者识其大者。

——孔子《论语·子张》

### 1　致谢安

东山再起这个成语
因你而设
永和九年的兰亭集会
也是你的提议
与王羲之诗书游宴避命朝廷
却不忘匹夫之责

资杖如山的敌兵纵有百万
你澹然而淡定
将对弈中的楚河当作淝水
弹指之间
若商风之陨秋箨
秦军一败涂地

这种魏晋风骨
事涉文武
与陶潜的归去来有些差池
但无论后人如何评说
你临阵下棋的样子

真的很酷……

2　致谢玄

我知道　那个朝代的风很毒
一如鹤的唳哭
八公山上的草木也很厉害
让前秦军望而生畏
尽失投鞭断流的气势

这与淮海大战国民党军颇相似
兵败如退潮
一泻千里
纵有万钧之力
也难挽狂澜于既倒

此刻　在太康谢氏故里与你谈文武
无关张弛也无关胜负
而在用人之道

那么年轻就当上前敌总指挥
并不因推荐者是你的叔
事到如今

没人说谢安徇私
也没人在背后嘀咕
多少年过去了
淝水之畔
你夜读兵书的样子
真的很酷……

3　致谢灵运
十五岁即作乌衣之旅
诗才凸显
二十出任琅琊大司马参军
似得了祖父之遗风
于是　你恃才傲物　为世所忌
几染杀身之祸

断然放弃了仕途
纵情于林壑之间
去开拓山水诗的另一番境界
让意象从玄言中独立而出
多几分自然生态

且将时人的讥诮
付诸湍急之水陡峭之岸
做官才不能施

退耕力不能胜
不如结交诗友　出入林泉
做一名攀岩运动的先行者
在我看来
你脚蹬谢公屐上山的样子
真的很酷……

## 沁河是一条亲切的河流

郭新民

在一条河流的源头
我知道了什么叫亘古清纯
面对明镜般的波光潋滟
倏然照见负重而行的灵魂
照见了血脉奔突的方向

一条河,饱经沧桑
告诉你这片土地的神奇厚重
她用涓涓流淌的韵律
用款款而行的姿态
用清澈透亮的心声
用淳朴厚道的气韵
用持之以恒的执着

哦,芦苇荡漾,野鸭逍遥
鹳雀蹁跹,蜂蝶载舞
一条河,让一些生命
活出了自然和生态的价值

一条河,让人们记住
绿水青山就是金山银山

## 从火车到动车

韩庆成

无非是把绿色
改成了白色

无非是把路过的各样城市
改成了一样的城市

无非是把各怀异梦的旅客
改成只做一个梦

# 福　建

安　琪

年轻时我想脱去的故乡
我极力想脱去的故乡，如今还在我身上
并已咬住了我的骨血
我和它曾有的紧张关系
我和它的恩怨，都已被
时间葬送。我悲喜交加
写下：
没有更好的故乡生下我
没有更好的故乡哺育我
也许有
但我已命定属于你
我的第一声啼哭属于你
我的第一次欢笑属于你
我踩出的第一个脚印、写出的第一个汉字
属于你
我爱上的第一个人
我爱上的最后一个人，都属于你

## 废弃的铁轨

卢卫平

废弃的铁轨上
走着迷途的诗人
没有老火车开来
没有轰鸣的汽笛回响
荒草弥漫的河谷
夕阳在远山的眷恋中
渐渐淡忘了他瘦长的背影
暮色随纷飞的银杏树叶降临
没有人想知道
诗人要去向何方
没有人会追问
诗人将寄宿何处

## 虚石牧场

阎 志

我想起草丛中
星星散落般小花的名字
还有池塘边
偶尔被猎户惊起的清晨
葡萄园只有一个工人在劳作
阳光依旧照在他的身上

牧场上的牛群
不需要知道明天的事情
山坡上麋鹿、火鸡依次出现
透过丛林
可以看见远山后的夕阳
层次分明而且触手可及

就在山顶的石头上坐坐
或者听听
几乎与故乡同样的
松涛之声
仿佛是从少年的某个午后醒来

## 哈拉库图城

罗鹿鸣

一座土夯的城
一座石砌的城
一座血肉之躯筑起的城
长云作为朝廷的旗帜
呼响壮怀激烈之声
洞开的城门
汉唐明清在出出进进

是守护东土的盾牌
也是刺向西土的长矛

南丝绸之路的一个死结
解不开的辛劳与艰险
青稞酒伸出欲望的长舌
面对天空亮剑

日月山的回声
在一个诗人的记忆里
成为化脓的创口
结着一个明亮的血痂
宛如昌耀光荣的面具
钉在时代狰狞的脸上

## 消声器

顾　北

这夺命的冰冷之吻
为何要如此匆忙蒙住嘴
季节走得再快,也追得回来
没人听见风说了什么
"这命我收回去了"
收吧收吧,这命那命
路边的车前草扎倒
一茬又一茬,都长到心口了
依旧无望,弱弱地难开腔
其实,这季节就是一个巨大的
消声器,它一路狂跑
遮蔽人间的消息
它没有目的地
有的,只是等待
等来年开春雷

## 我与一个耳聋的人交谈

胡丘陵

我与一个耳聋的人交谈
就是听一场交响乐
我听一场交响乐
就是与一个耳聋的人交谈

他们都用手说话
不同的是
全交响乐团的人
让一个人，用手说话
整个音乐厅的人
都听一个人，用手说话

或者，乐团的人都聋了
音乐厅里所有人都聋了
只听一个人，用手说话

我的耳朵也聋了
我经常，与一个耳聋的人
交谈

## 百宝箱

胡粤泉

春天，从神奇的百宝箱
拿出绿叶、红花、果实、蜜蜂……
用雨滴的小手来掏
用阳光的金丝手来抽
用煦风的柔手来抱
用山溪清亮的手来夺
还伸出江河的胳膊来抱……
掏出百宝箱的东西
洒向四方，洒出姹紫嫣红
花草灿漫、鸟鸣啁啾……

## 烟火人间

贾　丽

父亲的坟头边，种着豆角，黄瓜，辣椒
紧挨着还有成长中的玉米和高粱
每天有摘菜的母亲慢慢走来
又走去
不远处，有炊烟可见
有弯腰锄草的大伯可见
有体态丰腴的麻雀可见
小河有水缓缓流过
头顶，一片来自天堂的白云
像是满头白发的父亲一脸平静
俯首这烟火人间，是的
我相信，是这样的。从我来到世上
你总是俯首
我们的每一次对望，都如初见

## 张家界玻璃栈道

刘雅阁

张家界的玻璃栈道
是由鬼谷子的意念和天门山的猿声架起
那种高度
在形而上之上,也在形而下之下

与天地通灵,与飞鸟比翼
路的尽头,潜藏着
你自身无限的能量和张家界亿万年的
神秘

## 香山红叶

路文彬

我骑着自行车
去看香山的红叶
我看见了一辆辆汽车
看见了一个个人头
却没有看见一片红叶
甚至没有看见香山
我回到家里
满窗的红叶迷眩双眼
可我还在惦记
惦记着红叶
惦记着香山
忽然　我好像明白了
其实　我并不喜欢香山
也不喜欢红叶
我只是用假装喜欢
掩饰着满心的不喜欢
窗前的我开始悒郁
问这兴致正浓的秋色
你是喜欢春夏
还是喜欢严冬
秋不言　寂静的回声里
我听见
我最喜欢的是我自己

## 洱 海

俫 俫

水的容器，时间的
容器——历史的容器……
我不经意地滴入其中——
漾开的只是事物的倒影——颠倒的秩序

几只黑鸟用圆舞曲的技法
在水面上来回飞翔，仿佛蓄意
制造某种氛围。而云卷云舒
耳朵里——波涛的舌头卷走灰暗的人民

——所谓容器似乎已容不下任何东西

## 一场雨

马 非

离开深圳的早上
在街边小吃店
以鲜肉包
和肠粉果腹
一场阵雨
突如其来
我没带伞
时间尚早
并不着急
我一边吸食豆浆
一边望着外面
奔跑的人群
事情就是这样
被雨阻挡
却意外地
目击了一场雨
从下到停的
完整过程

这样的经历
很久没有过了

## 美丽的季节（节选）

梅黎明

1
格桑花盛开季节
问香艳到什么时间
你把门打开
风儿缓缓吹来
花儿微微摇摆
歌声告诉柳枝不要轻率
等待轻轻推开的那扇

2
天涯也能遇见美丽
好似绝望时
看见救命的光明
来不及陶醉
用心去祷祈
不要那么快把美丽收回

6
蝴蝶恋上阳台的兰花
想在花瓣上做家
无情的风雨吹打
有心人把兰花和蝴蝶
一起带回了家

## 小木马的红色心跳声

明 央

有一些非常安宁的时刻
只有在玫瑰睡眠时,夕光
浮在游鱼上
游鱼变成飞鸟,只是顷刻间

木偶人和小木马并排躺在
落满星星的茅房屋顶上
体会来自神祇的启迪

我能听见雪花
融进草壤里的沙沙声
听见花生豆一样的雨落声
听见小木偶和小木马的红色心跳声
那是非常安宁的时刻

## 日暮乡关

育 聪

鸟儿急切地吵闹着归巢
天空,云朵也想着回家

此时,逶迤群山
像曲折蜿蜒的心跳
绿色的呼唤。烟波
遮挡不住双眸

春天的土地正在翻身苏醒
乡愁,如同种子
一天天拔节
一天天成长

## 到岳家村，青椒正绿

蒋芸徽

到岳家村，青椒正绿
幕天席地的绿，令人异想天开
一枚青椒带着我，在广阔浩大的
原野奔跑。它缩小了我
梦想与现实的距离

我在碧绿沉积的一片洼地
安静下来。我遇到我自己
抱着水灵灵的青椒花，身上挂着湿漉漉
的小果粒。大嫂的方言
散发着青草气，停留在我鼻尖上

深陷绿色的我，瘫痪成一小节
五月的农历。提着时光与鸟鸣
在这里坐拥菜香一片

# 环卫工老马

程立龙

老马,冀北人,近花甲,环卫工
扫帚是笔,垃圾桶是砚
他一路挥毫泼墨
从早到晚,从春到秋

作品全都在别人的脚下
自己只留下风霜
一部分在头上
一部分在渐渐弯起的背上

明明扫了一辈子的马路
他却说自己不扫马路
只扫春秋

一把又一把
不为把垃圾扫走
只为摊匀早晨的第一缕阳光
让每个角落都有

一把再一把
不是为了扫尽落叶
而是把夕阳拢起
不让黑夜带走

老马说自己快退休了
就担心年轻人
会不会也跟自己一样扫

## 达娃卓玛故居

陈跃军

我一直不相信这是你的家
因为你是度母
应该生活在天上
不知道你为何下凡来到人间
难道是为了情郎

你是美的化身
所有的金碧辉煌都抵不上
你的守身如玉
你的思念和悲伤
装满了整座房子

三百多年了
你像一个小姑娘
在和我们捉迷藏
我们四处找达娃卓玛
而你在偷偷地笑

## 认识贫困

霍竹山

酸菜缸里散出的阵阵苦涩
饭勺子里炒一颗鸡蛋的一声吱啦
夫妻伙穿一条出门的裤子
孩子们争着当马马骑的一截草绳

头痛感冒火罐拔出的一夜发烧
春天里传染开的一场咳嗽
跟村干部要两张旧报纸糊窗子的黑
煤油灯艰难地梦见电灯的光明

一个村庄十八条光棍汉的等待
拉着碾和磨的毛驴驴蹄印上的沉重
一个孩子放羊去了
又一个孩子割草去了
他们的书包挂在门口
望着山下一条羊肠小路

## 假如那一天来临

黄晓园

医院,病床上的人
平静为一潭死水,离去的脚步
无声无息,一块白布单
将一生的精彩或无奈抹白
平静,只是情节的一半
哭泣声会接踵而来
鞭炮声会接踵而来
阴霾的哀乐也会接踵而来
假如那一天来临
能否省略那喧闹伤感的仪式
静静地绕过哀乐的纠缠
像一枚秋叶悄然离去

## 斯蒂芬·霍金

宇秀（加拿大）

全世界晚安，唯独你
——你是星空！

你用人间唯一透视黑洞的眼睛
看到黑暗里的光明
坐在地球的轮椅上解读宇宙
把时间留下，你返回永恒
当无数平凡的目光仰望星空
而你，是否带着一个无解之谜
正游走于女人的梦境？

哦，全世界晚安，唯独你
——斯蒂芬·霍金

# 白桦树

张　民

从小河沟的边上，往山腰间延伸
白桦树满满地站在大地上
看不清寒风往哪里吹
树梢上的叶子应声翻滚
撩开灰白色的背面，哗啦啦
哗啦啦，她们的言语我听不懂
我感到寂寞

西伯利亚的风就要翻过山坳
白桦树啊！寒冬就要来了
在北方的崇山峻岭中
严寒的威力你要比我清楚
也许，确实你要比我坚强
可是，我止不住要轻轻地说：
"兄弟们！挺住啊！"

季节给你的盛装，她要一把夺走
使劲扔到地上
阳光给你的荣耀，转眼像漫天雪花
叫人无处躲藏
尽管是这样，尽管只剩下了枯枝残叶
我们也要手拉着手，紧紧地
还有，要记得彼此鼓励
要记得，坚定的目光比太阳温暖

## 镜中门徒

舒然(新加坡)

太阳如此渺小
我等竟无法藏住一句谎言
秉烛夜游,大海泛舟
捞取一叶古诗
便是星星点点的镜子
照你说的怀才不遇,伯乐空迹
或孤芳自赏
又惜无人识得此如花容颜

穿过每一面镜子
照到内心本来的妖孽
如穿过一道道尘世法门
歇息处又是原地
我等门徒
终将失去镜中真相

## 一条道路

布日古德

习惯于这一条乡间小路
像牧羊人习惯于风雪,习惯于污泥浊水
总在低洼处,让人仰视,矮小的个子
依然露出泥土一样的厚重,露出石子一样的风骨

一条小路
车前草的芳华一春一夏地给你
你卷上一颗蛤蟆头
领着头羊和羔羊上路

夕阳西下,满背上都是
挂满苍耳的眼睛,疼痛离开的地方
就是岁月,就是生活,就是富足
就是最敏感的穴位

## 降　落

杜　杜

我们又狂奔而去
一片可以任由我们
呼喊彼此名字的旷野
我们把白天收起来
守在宣武门外
我们是彼此的天空
相互照耀
裸露最初的天真
天真可以翻云覆雨
我们是彼此的河流
相互交融
分不清你还是我
芳草岸边
时光的汗珠匆匆流过
我们是彼此的悬崖绝壁
我爱你
空谷回音：我爱你
我们纵身一跃
降落　降落
你华丽转身
蓝天唯一的风景

# 十一月

## 胡 姬

车延高

风哼着小调
春天用露水抹了一把脸
直接从一根柳条上走下来

酒幌一摇,胡姬从店里出来
她美,鬓边别着人青山上一片云彩
李白坐下的青骢马不走了

压酒劝客时候
她走出一行红柳的模样
眼睛灿烂。有十万亩桃花在开

李白坐在那里
今天,他一滴酒没喝
已经醉了

## 最后的青春

张　烨

灼热的一瞬
我们的生命真是两个灵魂的结合?
你的呼吸顷刻凋零了我肩头的红叶
声音劈下来时,果实带伤呜咽
所有的血液是这一滴
所有的季节是这一季
你不会懂得我的痛惜

茫视窗外,北风掠过赤裸的雪夜
暗示我毅然逃脱
你疲惫入睡,你的声音依旧在黑暗里回荡
声音来自一座封建污浊的宫殿
我走了,我的一切馈赠是灰烬
是被你的海水覆没在深处
死亡的月亮

在南去的列车拥挤的车厢里席地而坐
最后的青春,一段毁灭的时光
不再等什么,也无须别人的理解
人们不会透过我的萎谢探寻根的惨痛
我灵魂的反光是整整一个时代
通过列车迸出带血的呼喊

## 不要打扰在地里种植的人

林　雪

春天喜远足。写下一个句子就去旅行

一首诗是世界的一个纬度
她写下了第一波幼苗
大地上小心又稚气的笔迹
春天喜青草。于是青草有了身形
耕地粗放的天际线下有两个竖井
一个用来吸气一个用来呼出
春天的天气垂青过你
像农民爱自己肺腑中出生的小儿子
无良的天气也背叛过你
像成名后生出觊觎心的不肖子孙
春天收集雨冢
一滴雨被前一滴溺死
一阵风把另一阵风活埋
粗木块耐烧会从疤痕迸出星火
豆秸点燃时灿如烟花
煤泥笼罩雾气不可描述
他曾是耐劳的小种马皮影戏里的人物
他也是秧歌里的反派角色
情事里的意外。如今都被温柔以待

我甚至相信他们曾经向天空撒种
苍穹时代久远，那被部分继承的

正被逐渐深解
他的命运和万物有秘密协定
经他允许,无形的狮子才向你围拢
不要打扰在地里种植的人
他体内的整片土地都在腾空而起*

---

★  引自里尔克1926年5月17日致茨维塔耶娃的书信。

## 武 侠

辛牧（中国台湾）

喜欢浪荡笑傲江湖
但江湖多险
一不小心便跌入谷底
偶有巧遇
不管对方是灭绝师太或周芷若
但越美丽的女人越会骗人
任你独孤不群东方不败
喜欢葵花更胜于床单
倚天屠龙或一身神功
终不敌一个叫时间的后浪

## 在楠溪,我想做一尾自在的鱼

萧 风

一条江以诗歌的名义,穿越一千六百年风雨,洗涤着我们一路的风尘,洗涤着我们蒙尘的心

筏在江上行,人在画中游乘着竹筏漂流的诗人们,像一群随心游荡的闲云,栖落在波光潋滟的江面上,与河水一起缓缓流淌,缓缓地流向诗与远方

而此刻,我只想做一尾鱼,融入楠溪江碧澈透亮的清波里在这个空灵静美的世界,唯有选择这样的方式,与江水来一次亲密的相拥,才能真正贴近楠溪江的心跳,才能真正体味母亲怀抱的温暖

此刻,想做一尾小小的溪鱼,自由自在地游来游去让灵魂在楠溪江里来一次裸泳,听浪花与浪花快乐地交头私语,看阳光与时光在江面上自由流淌

或者,什么都不想,什么也不做,让思想像天空一样澄澈,让心灵像江水一样透明

我愿在这一刻慢慢地老去,像一尾自由自在的鱼,沉醉在楠溪江纯净辽阔的清波里,抛弃世间的恩怨情仇,忘却人生的喜怒哀乐

从此,与永嘉山水为伴,随缘而定,随遇而安

## 破阵子

*方文竹*

月牙湾的夜已深　孤独　宁静
世界已被收编
四周布满铡刀和陷阱

将野心收一收
将梦网撒下去

将帝王的听诊器销毁
将天下的沟壑——抹平

日月星辰　高朋满座
怎敌黎明的一阵风　空空的黎明的怀抱
马匹奔跑　仅剩下了匹
黄铜仅剩下了黄

## 贩卖孤独

若 离

请原谅我继续贩卖，孤独
千万次在万丈深渊与自己对话
这人间莫非唯有孤独是忠诚
心挖空无数，还是盼不到尽头
迷路的星座，我是摩羯
传统到五千年都俯首称臣
哦！孤独，我在继续贩卖
就像贩卖自己的灵魂，期待懂得
孤独啊孤独！我是你的代言
你却从不买单，泪水永无止境
心朦胧得如月下花影
谁是今夜花丛中的残月
我是残月中的倒影，如开败的花语
不敢继续孤独，却在贩卖
若你懂，别辜负
孤独，谢谢你将我宠

## 暮色停在唇上

三色堇

风霜,烟火,天空也空旷得聊无深意
风吹过百草,吹过人间的疾苦
吹过一些宿命的暗喻
明月,美人,锦绣都不属于我
就连一阕阕宋词
都被封印在深秋的河堤
很多东西就是这样
当你放下沉沉的事物
放下一段记忆
放下露水在草尖上的贪婪
当你沉寂,无语
天边只掠过一道闪电
世界的尽头再无其他消息
暮色停在唇上,语言离你而去

## 羯　鼓

亚　楠

马蹄飞溅，星火
像沉郁之声。隐喻的力量
在初秋，十万公羊
践踏的陨石
消失在密集的冰雹里

而伎乐天人的宝冠
向上飞升
也汇聚甘露，飘散的花朵
进入极乐世界

众音迸射，交汇
乐舞被时间定格
但它的反面，排箫的功力
让灵魂匍匐……群山

在羯鼓声中战栗

## 我的父亲母亲

阿琪阿钰

做过木匠的父亲做过道士,也给别人做过棺材
而他至今一直躺在冰冷的骨灰盒里
他给别人写过墓碑,而他连土都没有入
墓碑是一块坚硬而没有秘密的硬石头
一九六六到二〇一二,一堆骨血
变成了一盒骨灰的历史

母亲的心是软的,像她回荡在山村的哭声
生我时我哭,我长大后她哭
装卸石头供我上学,为在大山里
走不完的天空,飘不尽的蓝天和白云

出过贵州的父亲母亲,在浙江水土不服了很多年
最后父亲服了,永远待在了浙江
永远——四十六岁
母亲依旧回到贵州,养着几只土鸡和山里的薄雾
养着远出贵州千里的牵挂

# 独 处

高 璨

人在躺椅上,像枚逗号
人在窗边,像张空信封
人在镜前,像两个人
人在音响里,像两三年前
人在冬令时,像迷失了方向感
人在地板上,像一闪而过的光
人在草地上,像潮湿的叶片
人在雪上,像一个缝隙
人在电车上,像一本相册
人在博物馆,像一丛失忆者
人在夜晚的房间,像一片家具
人在湖边,像苇草的倒影
人在灯前,像融融涟漪
人在梦里,像顺从者
人在半扇半开的门里,像异乡人
人在飞机上,像无关者
人在教堂里,像一些尘埃
人在十一月的弗莱堡,像一把沉默松果

我拉紧窗帘,不让深秋的冷月
灼伤

## 饮马而归

黑 多

光照耀我们行进的旅程
我和我的马,通体透明
一粒尘灰试图知晓
隐退在群峰间的地平线
带来了夜的言语
嗒铛、嗒铛,我的短靴和马镫亲吻
这难以形容的声音
我的马始终静默,一生被月光养活
脊背冒着磷火
面对天空,陡然而生孤独和敬畏
洞穿黑暗的星光比春天的炫耀
光彩
善念到了极致就会噙着泪水出来
我的马有软的眼睛
我的马牙齿洁白
我的马始终静默,一生被月光养活

## 永 恒

胡 薇

一切永恒
以旧的姿态透着新
生是它的根
新是它的命
满山青翠
欲滴的绿
是岁月吐芳华——

# 惑

黄祥云

万物都有精准的时刻表
就像那些鸟儿
无须指示或提醒
总在凌晨寅时发出第一声问候
在整个白天对歌
而当夜幕低垂
那些蛙类开始演奏

那些单音节的声调
我听过无数遍
却从未感觉多余甚至厌倦
而一枚汽车喇叭声
足以让我的愤懑决堤

其实，在静寂中
弥漫着无数种透明的声音
正如在透明的空气中
活跃着无数的生灵

我们没有感觉到的
总是远远多于感觉到的

## 羊儿如时间一样移动

黄　也

羊儿们在田野里觅食
偶尔歪起头来
打量着这个世界

牧羊的少数民族汉子
不远不近地跟着
就像跟着一片云

初冬的阳光，电影画面一样
扫过阿克苏
如同时间，缓慢地移动……

## 想听你叫我小雪

**欧阳清清**

仙后座是北斗星的好助手
小雪的时候,会出现

山峰始终沉默,雪花把纷纷扬扬的情思内敛
深沉一首一首洁白安静的诗

幻想大地的怀抱,天池的小雏菊早已羞红
喜欢小雪,多像一个美好的受宠的名字

# 原谅诗

哨 兵

写一天诗,等于白白浪费
二十四个小时。请原谅汉语
在洪湖,无力为潜水鸭和渔民
搭起故居。我有家
没有星月,也能借湖面反光
穿过这条岔路。要是有一条船
趁着夜色轰响十四匹马力柴油机
朝我奔来,天黑后
就有人原谅我白白浪费
一生的光阴和语词

## 我摊开的双掌上写着两个字:西,夏(节选)

水 尘

1
我只能选择在清明时分
给你送去一首不请自至的诗——

杏花飞扬于天,黄土设卡置关
归来的将士,勋章被盗
在空酒杯旁睡去,两鬓落雪
没有春雨裹紧你的干瘦
年迈的母亲,胸口起坟
没有牧童收拢散失的马
空荡的枝头上,落满逃荒的鸟

我不止一次地,透过窗棂
看着危机四伏的身体,像废弃的宫殿
送走芳香的流水,出征的壮行
雪花染白季节时
哀叹,成了贴在门楣的最后两个字

2
云在鸟的翅膀下飞行
雨声,穿透一匹马的胸腔而来
闪电中,你的沉默静如群峰
在峡谷间拆阅夜色:
那时的腾格里,草场暗布

一峰骆驼,把丝绸换成来回的路
带着盐巴出走,驮回漂亮的公主和捷报
遗留的黄昏,供我借宿
箱子里的蒙医宝典,日渐虫蛀
它的主人,咳嗽在远处的城市

## 梵塔朝晖

唐江波

一座从五代、从北宋修炼而成的梵塔,俯视众生
朝晖普照,如佛光,洗去疾病、饥寒、苦难、罪恶
经声朗朗,连同大佛寺的香火一起沉入历史的河中
梵塔,是一种恩赐,在太阳过滤过的文字里一直活着
它以天地的宽度,山川的广度护佑着故乡
那些排列好的岁月的秩序,已深入骨髓,停留在命运
的枝头
粗犷的风仍在拍打梵铃
荡起涟漪的湖面在风里听见自己的声音

历经后周宋元明清,许多往事已坍塌
而代代相传的,是被茶余饭后取走的传说
当时光穿梭于土地之上,五谷吐纳出内心的阳光
大野之水握住万物,握住秋天的每一粒种子
在儒家文化熏染的齐鲁大地,充满对黄河、黄土的膜拜
被黄土冲积而成的鲁西南平原
田野、空气、古城、村镇,一切都是自由的
在一缕晨光下,蓝天的手指轻轻,一再将莲花的想象
打开
而梵塔一直站在最低处,目测苍生所能企及的高度

# 雪　莲

吴海歌

山与水的女儿，聚万物之精气
经地狱到炼狱，再升至天堂
经九九八十一难，终成正果

做了雪山的女王。居高地
众山趋于脚下
百万雪蝶，守护在身边

威震天庭。权重人间
久居其所。不染，不惧，不怨，不欲
却得永生
花中佘太君，颜值超妙玉

冰的肌肤。雪的气质。山的骨骼。刃的锐气
绝尘俗。蝴蝶惧而避之。蜜蜂向而无往
百花当愧：因无一朵，不带俗气

壮哉，我的姐姐！
你适合供奉和佩戴，做我精神之王！

巾帼至此没有王了。只有你
可以取而代之！

## 让孩子们学会善良

徐柏坚

把春天的消息传给每个人
让每扇窗口都面向阳光
有一些盼望
初春的枝叶上花朵吐出芬芳
让蒲公英的种子从远处飘回
聚成初伞的模样
让孩子们学会善良

远离暴力和战争
教会孩子们学会识字
我养了无数的飞鸟
把它们放养在自由的天空
用勤劳建起家园的屋顶
把苦难埋入心里,用微笑面对世界
让孩子们学会善良

## 小雨叩窗

雪丰谷

瞧,小雨又来叩窗
纤细的手指,每叩一次
就会勾一勾指尖
声音细致,柔软而不易察觉
就像当年缝进我大衣里的
最细致的丝线

这线牵挂两头,针眼再扁
瘦身穿越也无怨
瞧,叩窗的雨丝,随风摇动着
让人想起荡秋千的春天
我把头埋进你的长发
边摇边陶醉
丝丝的甜,缠缠绵绵的甜

## 带着秋天的落叶回家

桂 杰

带着秋天的落叶回家
像小心翼翼捧着黄色的眼泪
这些秋天的眼泪
欢天喜地随风飘零
没有苦难更没有遗憾
不在乎自己的命运
我爱慕这些落叶的性格
把它们郑重地藏匿在书本里
让文字们
也听听秋天的心跳
也变得柔软一些

## 发源处

木　叶

行到水穷处，坐看云起时。
　　　　　　　　——唐　王维

没有真相，只有各自需要的表象。佛经示我以
盐与铁、粮和布，无穷无尽的鲜艳、繁富

丰赡的石狮子，坐卧于江北江南
你简化了我，简化了山与川，简化了神与子曰

我因此发源，我生，我存在，我造梦
我打铁，我晒盐，我种植，我纺织，我制造手机

发射你的情感与记忆，到遥远的往昔
在那儿，我和所有简陋的影子，童年的真相，紧紧
相依

## 弧 光

念 琪

太阳下山之前
擦着余晖,一只飞船嘎嘎飞来
悬浮在面前
从舷梯走下了小矮人
头部有气流笼罩
他说名字叫也洛因
是外行星人
几万年前已经来过了地球
是他们用弧光送来了科学家
创造了生物
不信,你打开《创世纪》的经典
逐条对照
彼时,飞船来的光阴
代表一个故事的开端
谁能相信大地苍生没有母亲
无缘无故有你有我
假如这是真的光芒
需要一条逆光的途径

开启过去和未来
也许谁都不用死

## 秋　雨

周园园

已是雾气笼罩
整座城市
已是下午三点
距离我们的约定时间
还有一个小时
我知道,雨到来
你就在不远处了
你是雨水中的叶子
是深秋时节的金黄
是遥远的地方
海的想象
到了我们约定的时间
可爱的时刻
秋雨变成蓝眼睛
闪着光芒

## 怪柳林

杨海蒂

尚未走进
就被震撼到了
世上竟然有
这样奇形怪状的树
整整千亩啊
地球上最大一片
却找不出两棵相似
且不能人工培植
身躯烂空仍蓊郁苍翠
从远古屹立至今
无数植物学家
解不开谜团
西有胡杨　东有怪柳
上苍眷顾奈曼旗

## 落叶赋

张　琳

厚厚的一层乔木落叶,铺在路上
清晨的光
均匀地铺在上面

我独自走在上面,像一只会思考的蝴蝶
落叶与光
我都不会践踏

## 被光涂鸦的影子

张云霞

阳光迫不及待地在墙上涂抹自己
寂寞的枝丫有了灵动
毫不怀疑映出的姿色会瞬间消失

而他
只是一逝而过的美
留下的只是清凉冰冷的墙壁
影子在探寻真情和未知
而我却站在动词中
尽量证明自己的单纯

直立起来的灵魂不为证明自己
草木破败的影子
并未倒在回忆的伤痛里
只有冷暖自知
只有温暖的爱和身体的单纯
永远留在内心

阳光已经把我挂在墙上
我变成了
永远擦不干净的影子

## 在深圳高新园坐地铁

赵金钟

日光即将开溜的时候
我来到了高新园地头
先我而至的年轻人像蚂蚁塞满了地铁口
出出进进的道岔为黑色的进所把持
没有一只翠鸟吐出

这是傍晚六时的地铁口
它像一只铁鳄
死咬住深圳的咽喉
那鱼贯而入的青年是一束鱼刺
将咽喉紧紧缝住

## 苍穹之光

**达则果果**

我是一种秀丽的光芒
是一种轻盈,寂静和宽容
我深吻黑色的土壤,如星光的羽翼
爱人,你是那苍穹之光
除此真情便再无金黄
唯有天穹,爱人与土地的结合
足够填满一片干涸的海洋
喂养一个丰富的灵魂

十二月

## 西山如隐

李少君

寒冬如期而至,风霜沾染衣裳
清冷的疏影勾勒山之肃静轮廓
万物无所事事,也无所期盼

我亦如此,每日里宅在家中
饮茶读诗,也没别的消遣
看三两小雀在窗外枯枝上跳跃
但我啊,从来就安于现状
也从不担心被世间忽略存在感

偶尔,我也暗藏一丁点小秘密
比如,若可选择,我愿意成为西山
这个北京冬天里最清静无为的隐修士
端坐一方,静候每一位前来探访的友人
让他们感到冒着风寒专程赶来是值得的

## 侠客：儿时的梦

高　凯

一加二等于三
三个小伙伴成了三个火枪手

日落时分
村子里猫叫三声
张铁蛋和马铁蛋准时来了
暗语一加二等于三
就是一个铁蛋和两个铁蛋
突然在江湖现身
石头剪刀布石头剪刀布打头阵
三只猫头鹰三输三赢
月亮绕树三匝
天下太平

鸡叫三遍
英雄散尽

## 贵 客

刘 川

家里贫寒
但来了贵客
有鸡
当然杀鸡

家里来贵客
没有鸡
有猪
也得杀猪

家里来贵客
没鸡,没猪
有羊,有牛,有狗
也得杀之

六岁的孩子问:
家里来的到底
是贵客
还是一把狠心的刀子

## 画中人

秀实(中国香港)

浑浊的世间里有一个女子,她安静如画中人
我所有的诗篇都不足以颂赞她的美好
远离幽兰与天鹅等这些词语的滥竽充数
她活在所有的形容词之外

她拥有一个秘密基地,那里有永恒的季节
不为人知的花会在她身旁绽放
空气清新如深谷泉水,泉水清澈如
叶子筛漏而洒下的冬阳

我为一个女子安静地生活
不作逢迎不去攀附也不与人相争
她是最好的,连睡眠时也都无可非议
因为她的呼吸让我感到我也在呼吸

## 百丈漈

祁 人

百丈漈位于温州文成县境内，百丈飞瀑，奇幻壮观，引人驻足。

——题记

洁白的湖水
一旦奋不顾身
以一泻千里的姿态
飞流直下
就跌落为

一漈
二漈
三漈
如凤凰涅槃
化作壮丽的风景

看那粉身碎骨的壮举
不禁联想到自己
仿佛也有一样的百丈漈
静静地沉睡在身体里
也许，它的存在
只为一人沸腾

或许某年某月的某一天

在某一瞬,百丈漈
当它苏醒当它粉碎
会成为谁的风景?

## 所以在苍笼怀念老昌耀

肖 黛

昨夜梦到堆坐在圈椅里的老昌耀
所以在苍笼,浏览每一个
他和我晤面的互相的借口
是曾经辛勤的酿造呵,不然
蛰居在同一个星球上的人怎会常常见得?
而从前他是不会笑的人
所以没有笑容。月光就好如昨夜冰冷
他称我为丽人的时候,我的心尖生疼
他却笑了,像月光上的阴影
所以在苍笼的高龄时
赢得了最年轻的坦诚
但风阵像那些日子一样地痉挛
他活于那些日子和这些浸洗墨色的日子
岁岁有赫赫祸灾随从
此为又一个借口的悸动?
交换病情危重似的悲哀后我们抱头痛哭

所以怀念老昌耀:投奔巨灵闪现的昨夜
我在现场的苍笼中没有找到半点儿遗痕

## 白乌鸦

王顺彬

世事奇了,乌鸦变白!站在雪山前
乌鸦的白羽毛,同雪山一样的白,比我的滑雪衫
还要白得厉害,白得让人吃惊。乌鸦
我的亲人,黑了千年,被人诅咒了千年,淌出的泪水
也呈黑色。昨夜,一场大雪,乌鸦在雪地
站了一个通宵,大朵大朵的雪花
落在它的身上,盖在它的身上,凝在它的身上,突然
黑乌鸦变成了白乌鸦,白得像灯盏
白得像一个白故事。乌鸦,我的亲人,而我却在
墨水中打翻了自己,一身的黑,连呼吸
也如煤炭,怎么洗也洗不清自己
乌鸦,我的亲人,我真羡慕你,从黑乌鸦变成了
白乌鸦,哪怕是假的,哪怕是比喻
因为白象征干净,象征圣洁。因为黑乌鸦或白乌鸦
眼中的一滴鸣叫,重过我的大半生……

## 剪　发

熊国华

把烦恼剪断剪碎剪平滑
剪断的烦恼，还会无数生长
时光在黑白交替的头颅上闪烁
行者拈发一笑，观不生不灭的宁静

## 平安夜,我看见圣神的微笑

王霆章

平安夜,我看见圣神的微笑
带着两个酒窝
一个酒窝盛着欣喜
一个酒窝盛着敬畏

平安夜,我看见圣神的微笑
挥舞双手向人子致意
一只手挥洒过去
一只手指点未来

平安夜,我看见圣神的微笑
徘徊在灯火阑珊处
向左走感恩
向右走宽容

平安夜,我看见圣神的微笑
我想她也一定看见了我
眼里噙着泪水
嘴角挂着悲悯

## 就这样活着

王 伟

就这样活着,在西宁城西群楼一隅
让微信空着,周末空着,自己空着

就这样走着,在五四大街的浮华和浮夸中
让眼睛近视着,消费近视着,生活近视着

就这样写着,在诗歌如柴达木一样的荒原上
让汉字穿着放松的正装,排队、正襟危坐

就这样活着,在一行行排队的黑衣字身后
成为别人的注解或自己的说明
成为殡仪馆里低头默哀送行的人群

# 不知命

王文雪

我需要一只喜鹊,带来彼此的思念
需要许多的鸟,扼住喑哑的痛痒
需要更多勇敢的人
以爱情之火,抵御冰冷的银河

看火焰在眉间燃起。将黑夜带来的嘶鸣,剥离

星空下的寂静,让我更加孤独
如果月光下,你的发簪没有碎裂
命运之门被叩响时,也就不那么痛

尽管没人承认——"拆散,是种罪恶"

# 归 来

西 可

从喧闹的城里归来
不需要收拾行囊
天已经黑透了
安静的乡下
不需要多少光亮

沾满泥泞的衣衫
等着漂白
多彩的季节啊
我并没有觉察到
你轻盈的脚步
和你幸福的笑容

## 天凉了

袁东瑛

光斜射的时候
我已经看不见塔尖上的光芒
木鱼敲着周围的寂静
而我是唯一的听众

远山,给天际一个轮廓
大雁南飞
给秋风一个托词:
天凉了

一生也会这样度过
当我一眼望去
山上的草
就悄悄地黄了

## 包孕吴越

安娟英

遥别西周天子
冲破自己所有的底线
今日里
我把你轻轻地含在嘴里

典当一曲梁祝给月缺星淡
赎回一湖碧水冲动的春情
还我故乡薄雾里的芳菲
满月下的丝竹暖歌

越过千古吴越
囚情如海
若是可以填补你
典籍空洞里一小点
春秋的青铜马哟
请回头奋蹄
踩上我肩下三尺坚韧的背脊

## 有点力就会把你刺痛

陈树照

就这样过下去
不用早起　不用赶路
与大山为邻
和湖水对话
让月亮陪你喝醉
把日子交给星辰
交给闪动着露水的清风
睡去有醇蜜的花朵
醒来有奔跑的牛羊

不用再说风花雪月
一遍又一遍的山盟海誓
不用担心走丢
在杂乱的人海里寻找
上火受骗　流泪失眠
猜疑和伤害

我见过太多的别离
太多的生死和风暴
我累了　经不起大风大浪了
我的爱变得越来越小
小得只有麦芒那么大
给点力就会伤痕累累

## 乡村的夜空

海 湄

有人说天地,有人说鬼神
有人啪地把缸子蹾在石板桌上
很像上辈子说书人
拍下的惊堂木

乡村的夜晚
是为老话题准备的
它们像存于夜空的星星
发着自己那点光,而每次必说的蛇精
却一直没有来

在这里,我听说我家的兜兜地
几经易主和肢解后
横陈在高高的水泥墩子下
仿佛这块地,是为杂草和荆棘存在的

## 清凌凌的玉泉水

和克纯

清凌凌的玉泉水
源于千年不化的玉龙大雪山冰川
千回百转
穿行于纳西村落和古镇
浇灌着丽江各族人民的幸福家园
洗礼着厚爱这块净土者之灵魂
浅唱低吟
流连于千家万户的门前屋后
喂养着来自五洲四海的人们
净化着热爱这片山水者的品性
汩汩复汩汩
俨然流淌在纳西人骨子里的血液
*潺潺亦潺潺*
宛若繁衍丽江各民族生命的乳汁

## 游走珠江

吉利力·海利力

我仿佛在
从没有离开过的故乡的中心
我躯体之玻璃的反光
从珠江上空洒落的
万年情

我的呼吸在水底下流动
在两岸挂上天空的高楼大厦
向云彩伸出的手指
我游走在广州的血管里
变幻莫测的苍苍
使我拓展极致

我是
里面装太阳的沙漠
游走的过程中
沙漠一个个的变成沙粒
在风中消失
唯一　留下的部分
是散发爱之光的
滚滚太阳

## 乌木回头

康 桥

再也没有退路
忍字头上一把刀
你已退到悬崖绝壁
一生历尽风霜雪雨
退到无路可退
忍到忍无可忍
褪去人的七情六欲
甚至褪去人的四肢和嘴脸
成为南国四季常青的大树

做人需要忍
做树更需要忍

与石俱焚
这一忍竟睡去千万年
苦海无边　谁在唤你回头
解除千年重压　轻抚你
累累的伤痕
重见天日
不哭　不笑　不歌　不舞
只以满身的包浆站立
听海观涛　不问春去与秋来

## 读碑记

林 莉

有人手指碑石上一行漆黑小字
语调平静。在倒退的镜片中
仿佛那个四岁丧父的人
又活了过来
他的生死、安乐、哀痛
被我们论及,而年月和身份
变得模糊不清
当我们的视线继续跳跃
到另一行
一切,重新消失了
包括刚刚隔空来到的悲伤
时间的河流上
只有一块石头,对着自己
露出它陡峭的部分

## 写作不关敏感

马海轶

我写出一个词
再写出两个词
当我写出第三个词
天色接近傍晚
我身心疲倦
和造物主一起歇了

写作不关敏感
不关任何三个词
以及它们的体积和重量

写作不像树叶
从早到晚　在五月的
风里又摇晃又喧闹
写作从桑叶里抽丝
从沙石里淘金
从空气里蒸云
写作在肯定之后否定

## 成　都

马慧聪

我们穿过秦岭，落入盆
仿佛八九片茶叶
从枝头掉下来，落入水杯

有水的地方要有鱼
我看到一尾一尾鱼，靠在草堂边上
她们比杜甫当年的脚步
还要慢些，还要波澜不惊

还有波澜不惊的树
挤在楼房的顶端
波澜不惊的藤，爬满桥梁

成都啊，就像成都街头
随处可见的美女
慢慢吞吞，让我心动如初

## 落下的一种情怀

裴郁平

黑暗的时候总有无数个星星
等待坠落
心情可以拆卸
信仰在自由的地方其实很简单
自由在信仰里会长得水草丰美

心择水而居
一群群候鸟栖息在心房的边缘
徘徊的波纹让飞翔自由自在
属于东南的孔雀
辨别着乌鸦黑黑的眼神
白天里的黑夜比黑夜更让人无奈

风多情地吹动着可以吹动的一切
坠落的画面刻在星星脸上
青春挤出了无数的回忆
落下的时候本能会瞬间超越自己
信仰在自由的灵魂里不会孤独

## 在河边

钱轩毅

我坐在河边的卵石上,太阳坐在
西边的山头。水面游走的光斑
跃动着脊背的锦鲤,抢食我投入河水的
身影。风,在岸边梳理芦苇的白发

如果河水不再流,太阳就会坐在山顶不走
那只捕食的水鸟就会插入水中不出来
我就会把时光凝固为满滩卵石

再安静些,就会清晰听见
祖母在上游浣洗被服的木杵声

## 一滴一滴醒来

石 心

就让他顺着台阶
一步一步慢慢挪吧
身在绝顶高处
心早跳到嗓子眼
发抖的腿为何不听使唤
难道同行也是错误
阿巧溪水库
平静的水面无一丝波澜
既然选择了高攀
何必对脚下的深渊张望
灵魂正一滴一滴醒来

## 大雪有自己的歌

王舒漫

寒雨几夜，湿了大风，湿了我忧伤的心情，黄昏后，一朵干净的云覆盖着半枚月亮。夜，总是连接着黎明，渴望一场大雪中间站着我们，你捧着我冰冷的双手吹着暖气，我们，静静地，呼唤明亮

大雪节气，雪影在我头顶晃了晃，诱惑我倾听春天！

你教会我如何清唱一首寒冬的恋歌，作为光线将我满头的银发，扎成一股俏皮的马尾，空中舞着，尽管夜如墨色，风也停了，但依然在闪耀光芒

因你，我爱这雪……

淌过滴水的山石，我见过八月的四叶草，一切如此明亮，就像你的眼睛在寻找我的眼睛。假如辽远里，沉默的白色轻轻扬起，而落满黄叶的空椅，也和我一样静守……

雪，有自己的歌……亲爱的，你呢？

## 未知的部分

熊　曼

祖父离去后，又在祖母的回忆中
存活了很久。一个老妪讲述时
偶然闪现的羞涩并不逊色于少女
但逝者须承受抱怨而无法回应
"狠心的，走那么早——"
伴随着涌出眼眶的泪花
他们的孙子还小，需要她照顾
直到多年后，送他搭上去外地的班车
她才若有所失，回到空荡荡的堂屋
光阴开始慢下来。门前的树绿了又枯
夏蝉聒噪冬雪缟素，这些她都看到了
一个五月上午，她穿戴整齐躺下后
再没醒来。她走得匆忙，临终心情
是欣慰或痛苦无从得知

## 古银瀑布

艾 子

深水藏蛟龙
穿越层层植物的香气
鸟与花果的盛世容颜,我们终于见到
海南银子最多的富豪
任性到买古赎今
私藏观音洞
霸气的声带自动发电
九条白龙口吐银两
白光摔破
水妖抛珠飞玉的声音
传至二十里外的居仁村

村里正为一群诗人表演人偶戏
四个红男绿女
正用上帝之手
操控、渲染着木偶的情欲
海南临高调升高,跌落,一个漂亮的拐弯
跌的时候始于南宋
高的时候是戊戌年的五月正午
我们被正午的太阳关进桑拿房
喉干舌燥地想念
昨晚一心与我和安琪以身相许的
两个椰子

## 剔一根骨头

超 侠

院子里长出一根骨头
骨头上有肉,有皮,有毛
看不出是什么动物
像一根自由的大树
向着太阳生长,走空气中自己的路
任何人的猜忌、诋毁、谩骂
都无法阻挡它长大、长大
长成一根会跳动、有温暖的大骨头
但是黑暗降临
怀疑和不满的剔刀霍霍
一面之词的飞刀
令它心惊肉跳
骨头没有倒
皮毛剥落
随风化作萎缩的尘埃
哪怕不再拥有健康的血脉
也昂扬生长
直到把雾霾戳散

这根骨头在院子里
已经长了一百二十五年

## 第二十五个节气

张　静

至清明，茔上长出新草
供桌上的酒盏装满昨夜的星辰

小满正好
人间的悲剧长成漫山遍野的苦菜
供养饥饿的时光

大暑日长，端坐而无为
心田早稻已逝，晚稻不插

露白蝉寒
玄鸟已归途，伊人何在？

冬至数九
最长的黑夜和最短的白昼相爱

## 没有比秋刀鱼更好听的名字了

张　战

愿世上的刀
像秋刀鱼肚那样软
如你纤手

秋刀鱼骨那样细
如你穿针时的棉线

秋刀鱼脊那样薄
淹一痕不褪的海水
如你的眼含泪

这世上的刀啊
愿都能像一尾秋刀鱼
被你放进平底锅
微蓝火
黄油蒜末
煎得它香脆

## 大 雪

柯 桥

约好了去附属医院看村子里人柯红土
最近几年村里人来这里住院的一个接着一个
他们都会在这里住上一阵子
然后很快回到村子里
然后一个接着一个走了
像落雪一样
癌症晚期的柯红土印堂幽黑
说到老家的旧事
他的嗓门还是老高
仿佛回到了他的童年
他说不用担心
住一阵子就可以回家
他出神望着窗外的大雪
但他不知他会是哪一粒
会在哪一分钟落下来

## 雪盲症

朱 涛

"谎言成为自己的污点证人"
我多么希望以诽谤罪、诬告罪、莫须有罪
给我量刑
还穿黑袍的法庭一团光芒
焊接造谣的污秽之嘴

脚印深渊般重,凿穿地壳的脑洞

所幸,后来下了雪
得了半个世纪的雪盲症

## 雨中永恒

程 华

那年
春雨中相遇
你撑开一把灵魂的伞
说要遮风挡雨
三万六千五百天
在伞下悄然陶醉

怎能相信
而今
你消失在生命的雨季
天空暗自落泪
忍不住走进小巷深处
张开所有回忆

在雨的肩头
轻声哭泣
光阴萦绕了思绪
淋湿的心　失落的梦
依旧刹那与永恒

在雨中
等你
期待下一个路口

与流浪的灵魂
重逢

## 爱上异乡

黑骏马

在家的时候
老有这样那样的杂事
像恶性肿瘤一样
即使费尽百般力气
总也摆脱不掉

一旦身在他乡
纵有再大的事情
他们都会自然而然地说
外地呢
算了,那算了吧

他乡真好
省却了许多无尽的烦恼

时间久了
我是不是会渐渐地
爱上异乡

## 做个辽阔的人

袁　翔

大雪无痕
历史有声
生命被欲望充满
多伦淖尔会盟的马蹄声
穿越了三百年

在零下十九度的西北小城
去拜访一个庙宇
绕经筒转三圈
再燃上三炷香
让心灵保持安静
对于不可言说之物，必须保持沉默

像拜佛一样
我虔诚地打磨一首诗
在普世的庙宇，做个活着的人
在混沌的世界，做个醒着的人
在宽广的人间，做个辽阔的人

## 我看见一个男人抱着一块铁奔走

水 笔

铁在他的怀里,若隐若现
它形状不大,他紧紧地抱着
一个男人
可以背一柄剑
抱一口刀,揣一把匕首
哪怕手上捏颗铁钉子
也比怀抱一块笨重的铁
要强一些。我看到
他的胸口蹭满了铁锈
他就这样
拥抱一块生锈的铁
像一个警句似的
在冬天的早晨
匆匆地与我擦肩而过

# 后　记

自2010年以来，每逢岁末与新年的开端，我都要编选一部汇集众多优秀诗人优秀之作的年度新诗选本。这个年度新诗选本就是已为诗坛绝大多数朋友所熟悉的"中国新诗排行榜"。由于我是在遴选2018年的诗歌作品，故书名为《2018年中国新诗排行榜》。

如同往年一样，承蒙海内外广大诗人朋友的厚爱与支持，这部《2018年中国新诗排行榜》收到了大量来稿。诗人朋友们的投稿热情令我非常感动。在选诗过程中，像以往一样，我持一种尽可能严格而又相对开放的编选标准，将发现好诗作为自己的目标，并在编选过程中尽力排除人情因素，以突显选本的公正性。考虑到选本的篇幅，按照惯例，每位诗人只选一首佳作在这个选本中"亮相"。同时，由于编者视野所限，自然存在遗珠之憾，加之限于选本的篇幅，侧重收入精短作品，一些篇幅较长的优秀诗作只得割爱，而我本人对具有思想技术含量的二十五行之内的精短诗作尤为偏爱，在此特意向诗人朋友们坦白与告知一下。

令我感到无限欣慰的是，本书的编选，一如既往地得到了海内外诗人朋友们的强烈关注与热情支持，在此恕不一一道出他们的名字。这是我自己多年来从事诗歌工作与诗歌事业的不竭动力与信心所在，在此谨向诗人朋友们深表谢意！借此机会，我要向刘东风先生等陕西师范大学出版总社领导表示由衷的感谢，感谢他们对我的"中国新诗排行榜"年度编选工作的充分肯定、完全信任与鼎力支持！同时也要对陕西师范大学出版总社的张佩编辑道一声谢谢，谢谢她欣然担任《2018年中国新诗排行榜》一书的责任编辑。2017年，张佩编辑和其他几位年轻编辑担任拙著《在北师大课堂讲诗》（五卷本）的责任编辑，她们认真踏实的工作态度以及良好的业务水准与编辑修养令我颇为赞赏。

我的弟子任美玲、吉侯路立、陈琼、董旭，以及李诗琴、钟鑫、阮文凯、朱一鸣、刘智慧、欧阳姗、王乐乐、文伟等同学在这部书稿的文字录入及初步编排校对等方面，予以了及时有力的积极协助，付出了不少劳动，在此一并致谢。

《2018年中国新诗排行榜》一书的编选工作至今告一段落，而中国新诗踏上了下一个百年的时间旅程，在这里，我真的要祝福与感谢所有入选《2018年中国新诗排行榜》一书的诗人们，正是你们某种程度上具代表性的诗作在2018年度的群体性展示，为2018年度的中国新诗留下了编年史意义上的珍贵文本！

谭五昌
2019年1月11日深夜
写于北京京师园寓所